TILL EULENSPIEGEL
2.0

Till Eulenspiegel 2.0

MSGA

Make Satire Great Again

Die besten Fake-News aus der Trump Ära

Teil 1

IV

Wie ließe sich ein Buch wie dieses besser beginnen als mit einem Bekenntnis? Ich bin kein mittelalterlicher Spaßvogel und kein israelischer Satiriker. Ich schreibe nicht über seltsame Behörden und auch nicht über eine Frau namens „die beste Ehefrau von allen" – aber ich bin ein leidenschaftlicher Kishon-Verehrer. Und ich ziehe den Hut vor jenem legendären Till Eulenspiegel, der im ausgehenden Mittelalter den Mut hatte, Reiche und Mächtige mit listigem Witz vorzuführen und ihnen den Spiegel vorzuhalten.

Ephraim Kishon war ein Meister der Satire, ein Virtuose des feinen Spotts, der mit scharfer Feder und charmantem Witz die Absurditäten des Alltags entlarvte. Seine Geschichten über die beste Ehefrau von allen sind legendär – eine Mischung aus Zuneigung, Ironie und gnadenloser Ehrlichkeit. Sie haben mich geprägt – als Leser, als Denker und schließlich auch als Autor.

Dieses Buch versteht sich als Hommage an Ephraim Kishon, als Reminiszenz an seine unverwechselbare Art, die Welt zu betrachten. In seinen Geschichten ließ er Bürokraten, Politiker und selbst ernannte Genies auflaufen – stets mit einem Lächeln im Gesicht.

Und wer wäre heute dafür besser geeignet als Donald J. Trump, seines Zeichens Immobilienmogul, TV-Star, Twitter-König, Präsident der Vereinigten Staaten und selbstverständlich das Genie des Jahrhunderts? An seiner Seite Melania, die beste First Lady von allen, die – ganz wie

Kishons Ehefrau – mit erfrischender Nüchternheit und gelegentlichem Kopfschütteln die Eskapaden ihres Gatten begleitet.

Hier also finden Sie eine Sammlung satirischer Geschichten über Donald und Melania – ein Paar, das es verdient, in die Annalen der Satire einzugehen. Mögen Sie mit einem Schmunzeln lesen, wie Donald sich über seine genialen Telefonate, unerschütterlichen Freundschaften zu Autokraten und seine unermüdlichen Kämpfe gegen Fake-News echauffiert – und wie Melania mit stoischer Gelassenheit versucht, ihn vor seinen größten Dummheiten zu bewahren.

Und falls sich der große Ephraim Kishon irgendwo da oben über dieses Werk beugt, hoffe ich, dass er amüsiert den Kopf schüttelt und sagt: „Nun ja, wenn die Welt schon so verrückt ist – warum nicht?" und der legendäre Till Eulenspiegel daneben flüstert: „Hauptsache, der Narr trägt den Spiegel richtig herum."

Also, es darf gelacht werden! Wer lacht hat verstanden, wer nicht lacht ist vielleicht Teil der Pointe.

Viel Vergnügen beim Lesen!

Euer Till Eulenspiegel 2.0   Juni 2025

Vorbereitung auf das Amt

Donald J. Trump stand in seiner opulenten, goldglänzenden Penthouse-Wohnung im Trump Tower und betrachtete sich selbst wohlwollend in einem der zahlreichen Spiegel. Er zog seine Krawatte zurecht, leuchtend rot, das Zeichen eines geborenen Anführers.

„Melania," begann er feierlich, „ich habe eine große, eine fantastische Entscheidung getroffen."

Melania, die gerade in einer Modezeitschrift blätterte, hob eine perfekt geformte Augenbraue. „Oh nein, Donald. Du kaufst doch nicht noch ein Casino?"

Donald lachte laut. „Nein, nein. Viel besser! Ich werde Präsident!"

Melania blätterte um. „Von was?"

Donald stemmte die Hände in die Hüften. „Von den Vereinigten Staaten natürlich! Präsident Trump – das klingt fantastisch, oder?"

Melania legte das Magazin beiseite und musterte ihn skeptisch. „Donald, du weißt doch gar nichts über Politik."

Donald winkte ab. „Blödsinn! Politik ist doch ähnlich wie ein größeres Immobiliengeschäft! Man muss Deals machen! Und ich mache die besten Deals! Die allerbesten! Ich habe The Art of the Deal geschrieben!"

Melania seufzte. „Donald, du hast das Buch nicht wirklich geschrieben. Du hast einen Ghostwriter bezahlt."

Donald fuchtelte mit den Armen. „Details, Melania! Details! Wichtig ist: Ich habe ein Gespür für große Dinge. Ich habe den Trump Tower gebaut! Ich habe Miss Universe veranstaltet! Ich hatte eine großartige Fernsehsendung, The Apprentice!"

Melania nickte langsam. „Ja, eine Reality-Show, in der du Leute feuern konntest. Das ist vielleicht keine ideale Vorbereitung auf das Präsidentenamt."

Donald schnaubte. „Das ist eine perfekte Vorbereitung! Wenn ich Präsident bin, werde ich alle feuern! Alle! Diese Bürokraten, diese Politiker – raus mit ihnen! Die Leute wollen einen harten Macher! Und ich bin der härteste Macher! Der allerhärteste!"

Melania rieb sich die Schläfen. „Donald, du hast ein paar Immobilien gebaut und viele davon sind bankrottgegangen."

Donald zuckte mit den Schultern. „Das nennt man strategische Insolvenz! Nur Amateure zahlen ihre Schulden!"

Melania lehnte sich zurück. „Und wie willst du Präsident werden? Die Leute wählen doch nicht einfach so einen Geschäftsmann ohne politische Erfahrung."

Donald grinste breit. „Natürlich wählen sie mich! Ich werde einfach sagen, dass alles schlecht ist. Dass Amerika früher besser war. Und dass nur ich es retten kann!"

Melania schüttelte den Kopf. „Und dein Programm? Hast du Pläne?"

Donald nickte eifrig. „Natürlich! Ich baue eine Mauer! Eine riesige, schöne Mauer an der Grenze zu Mexiko! Und ich lasse die Mexikaner dafür zahlen!"

Melania riss die Augen auf. „Donald, du besitzt nicht mal eine Baufirma!"

Donald winkte ab. „Details! Ich sage einfach, dass ich sie baue! Die Leute werden es lieben! Und ich werde Amerika wieder großartig machen!"

Melania stand auf, nahm ihre Handtasche und ging Richtung Tür. „Donald, ich gehe shoppen. Falls du wirklich kandidierst, sag mir Bescheid. Ich brauche eine neue Garderobe für meine Rolle als First Lady."

Donald sah ihr hinterher, verschränkte die Arme und nickte selbstzufrieden.

„Tja, wenn Melania es schon ernst nimmt, dann muss es eine brillante Idee sein!"

Und so begann eine der merkwürdigsten Karrieren der Weltgeschichte.

Melania, die beste First Lady in Spe, sah Donald kritisch an. „Donald, was genau – außer Mauerbau – ist eigentlich dein Wahlprogramm?"

Donald lehnte sich entspannt zurück und grinste. „Melania, Wahlprogramme sind für Loser! Mein Programm ist ganz einfach: Crooked Hillary muss weg!"

Melania seufzte. „Donald, das ist kein Programm. Die Leute wollen wissen, was du für Amerika tun willst."

Donald winkte ab. „Melania, die Leute wollen eine Show! Sie wollen einen Bösewicht, den sie hassen können. Und ich gebe ihnen den größten Bösewicht von allen: Hillary! Ich werde sie mit Fake-News so fertig machen, dass keiner sie mehr wählt!"

Melania schaute etwas konsterniert. „Und wie genau soll diese Show aussehen?"

Donald grinste breit. „Alternative Fakten, Melania! Wir erzählen den Leuten, was sie hören wollen! Zum Beispiel: Crooked Hillary soll geheime E-Mails an Russland weitergeleitet und angeblich alles gelöscht haben – das sagen die Leute! Das ist BIG! Da schreien alle gleich: Lock her up!"

„Donald, ja, sie hat E-Mails gelöscht. Aber niemand hat bewiesen, dass sie Staatsgeheimnisse verkauft hat – schon gar nicht an Russland."

Donald winkte ab. „Melania, Details! Die Leute interessieren sich nicht für Details. Sie wollen hören, dass sie gefährlich, kriminell und korrupt ist. Also sagen wir genau das!"

Melania schüttelte den Kopf. „Und du glaubst wirklich, dass die Leute das glauben?"

Donald lachte. „Melania, du wirst schon sehen! Ich erzähle es oft und laut genug und bald sind sich alle sicher, dass Hillary die größte Verbrecherin aller Zeiten ist."

Melania nahm einen tiefen Atemzug. „Wenn die Leute das glauben – und dich dann wählen – dann haben sie es nicht anders verdient."

Donald strahlte. „Exactly, Melania! That's democracy!"

Donald saß in seinem Sessel im Trump Tower und betrachtete sein Spiegelbild in der blank polierten Schreibtischplatte. „Melania, ich habe jetzt ein richtiges Wahlprogramm!"

Melania, die beste First Lady in spe, blätterte in der New York Times und nippte an ihrem Tee. „Tatsächlich? Und worum geht es genau?"

Donald lehnte sich vor. „Ich war auf einer Wahlkampfveranstaltung und habe den Leuten gesagt, dass Washington D.C. angeblich ein Nest aus Korruption und Verrat ist! Voller Bürokraten, Politiker, die nur ans eigene Portemonnaie denken, und Fake-News-Journalisten – so wie es die Leute hören wollen! Und dann habe ich gesagt, dass ICH den Sumpf trockenlegen werde!"

Melania legte den Kopf leicht schräg. „Und das soll dein Wahlprogramm sein?"

Donald nickte begeistert. „Ja! Die Leute waren völlig aus dem Häuschen! Sie haben sofort angefangen zu skandieren: ‚DRAIN THE SWAMP! DRAIN THE SWAMP!' Das war Gänsehaut pur! Da wusste ich: Das ist die beste Idee, die ich je hatte!"

Melania blätterte weiter. „Und wie genau wird das das Leben der Amerikaner verbessern?"

Donald schüttelte den Kopf. „Ach Melania, du verstehst das nicht. Ein gutes Wahlprogramm muss nicht funktionieren. Es muss sich gut anhören!"

Melania nahm einen tiefen Schluck Tee. „Und was passiert, wenn du den Sumpf wirklich trockenlegst?"

Donald zuckte mit den Schultern. „Dann werden die Krokodile wütend. Aber zum Glück kann ich ihnen immer noch ein paar Steak-Reste
hinwerfen.“

Melania seufzte. „Und wenn du fertig bist, ist Washington dann wirklich sauber?“

Donald grinste breit. „Sauber? Nein. Aber es wird mein Sumpf sein!“

Donald verfolgte mit einem breiten Grinsen die neusten Nachrichten auf Fox News, eine Diet Coke in der Hand. „Melania, weißt du, was ich wirklich nicht verstehe?"

Melania, die beste First Lady in spe, schaute von ihrem Magazin auf. „Donald, die Liste dieser Dinge ist sehr lang."

Donald winkte ab. „Ich verstehe nicht, warum Leute wie John McCain als Kriegsheld gefeiert werden. Ich meine, er wurde doch gefangen genommen! Wie kann man ein Held sein, wenn man sich fangen lässt? Ich sage ja nur, was ich mich frage."

Melania blinzelte. „Donald, das meinst du nicht ernst."

„Natürlich meine ich das ernst! Helden gewinnen! Ich gewinne! Ich bin der größte Gewinner! Ich wurde noch nie gefangen genommen. Also, wenn du mich fragst, bin ich der wahre Held!"

Melania legte langsam ihr Magazin weg. „Donald, du warst nie im Krieg."

Donald lehnte sich zurück. „Das stimmt nicht ganz, Melania. Ich habe viele Schlachten geschlagen! Erinnerst du dich an meinen Kampf gegen CNN? Oder die furchtbare Tortur mit dem Regenschirm, den ich nicht zuklappen konnte? Oder als ich in einer Pressekonferenz über den Namen von Nepal und Nipple… äh, wie heißt das andere nochmal… gestolpert bin?"

Melania seufzte. „Donald, es gibt kein Nippleland."

Donald schnippte mit den Fingern. „Genau! Ich habe mich da rausgekämpft, Melania. Die Fake-News-Medien haben mich nicht kleingekriegt! Ich bin ein Überlebenskünstler!"

Melania schüttelte den Kopf. „Donald, John McCain hat fünf Jahre in Gefangenschaft verbracht. Du hast mal einen Tag ohne Twitter durchhalten müssen und es war eine Katastrophe."

Donald zog die Augenbrauen zusammen. „Das war Folter, Melania! Schlimmer als alles, was McCain durchgemacht hat! Ich hatte so viele geniale Gedanken und konnte sie nicht twittern! Niemand hat so gelitten wie ich!"

Melania verdrehte die Augen und stand auf.

Donald rief ihr nach: „Melania, sag mir doch: Wer braucht schon Kriegshelden, wenn er mich hat?"

Aus der Ferne kam nur eine trockene Antwort: „Amerika, Donald. Amerika."

Donald scrollte auf seinem Handy durch die neusten Tweets auf Twitter, als Melania ihm gegenüber Platz nahm und dabei versuchte, ein Gespräch über den Klimawandel zu führen. Ein Thema, das sie – seit sie einen Klimareport auf Discovery Channel gesehen hatte – nie wieder wirklich auf die leichte Schulter nahm.

„Donald", begann sie vorsichtig, „wir müssen ernsthaft über die Auswirkungen des Klimawandels sprechen. All diese Wissenschaftler warnen uns, dass wir nicht weiter fossile Brennstoffe verbrennen dürfen, sonst…"

Donald schnitt ihr das Wort ab und lehnte sich vor, als hätte er das Geheimnis des Universums endlich entschlüsselt. „Melania, du verstehst das nicht. Ich bin der größte Umweltschützer aller Zeiten. Das ist kein Witz. Meine Politik wird die Erde retten, während andere nur über Windräder und Sonnenkollektoren reden."

Melania blickte ihn skeptisch an. „Du? Der größte Umweltschützer?"

„Ja, absolut!", rief Donald aus, als wäre es das Offensichtlichste auf der Welt. „Schau mal, je mehr fossile Brennstoffe wir verbrennen – beispielsweise schöne, saubere Kohle –, desto mehr CO_2 setzen wir in die Atmosphäre frei, oder? Und weißt du, was CO_2 ist? Ein Nährstoff, ein Geschenk für die Pflanzen!"

„Ein Geschenk für die Pflanzen?", fragte Melania verwirrt.

„Ja, genau!", sagte Donald, stolz wie ein Lehrer, der gerade die Grundlagen der Photosynthese erklärt. „Die Pflanzen brauchen das, Melania! CO_2 ist für sie wie Dünger. Je mehr CO_2 wir produzieren, desto mehr wachsen die Pflanzen."

Melania starrte ihn an, als hätte er gerade behauptet, er könnte mit einer Gabel den Mond anheben. „Du glaubst wirklich, dass du mit mehr Kohlenstoff das Klima rettest? Donald, das ist...“

„Nein, nein, du verstehst das einfach nicht!“, unterbrach Donald sie ungeduldig, seine Brust weiter geschwellt, als ob er einen Nobelpreis für Umweltschutz erhalten sollte. „Alle Klimaforscher haben das falsch verstanden. Die verbrennen all diese Kohlenstoffe und glauben, sie machen die Erde kaputt, aber sie haben nicht kapiert, dass Pflanzen in einer CO_2-überfluteten Welt wie verrückt wachsen. Und wenn die Pflanzen wachsen, dann haben wir mehr Sauerstoff und weniger CO_2. Es ist ein Win-Win!“

„Aber Donald…“, Melania versuchte es erneut, „wenn wir weiterhin so viel CO_2 ausstoßen, könnten die Gletscher schmelzen, die Ozeane steigen und es könnte unaufhaltsame Naturkatastrophen geben!“

„Ach, das ist doch alles Panikmache!“, rief Donald, als würde er sich gegen einen unverschämten Kritiker in einem Business-Meeting verteidigen. „Was die nicht verstehen, ist, dass wir mit mehr CO_2 den Pflanzen helfen. Es ist wie eine Gartenparty für die Natur. Sie wachsen und wir können mehr Bäume, mehr Gras und mehr Blumen kriegen – du weißt schon – die Welt wird grüner!“

„Donald, du redest wirklich wie ein Gartenzauberer“, sagte Melania, die nun ein wenig schmunzeln musste. „Aber das wird nicht die Hitzewellen, die Überschwemmungen und die Zerstörung der Ökosysteme aufhalten.“

Donald klopfte stolz auf den Tisch. „Du hast so viel zu lernen, Melania. Aber keine Sorge, ich werde den Planeten retten. Wer braucht schon Wind- und Solarenergie, wenn wir einfach mehr CO_2 in die Luft pusten? Wir fördern das Wachstum der Pflanzen. Ich mache Amerika grün – ganz grün! Make America Green Again!!!“

Melania setzte sich zurück, nahm einen tiefen Atemzug und nickte dann langsam. „Ich verstehe, Donald. Du bist also der Einzige, der den gesamten Planeten mit einem bohrenden grünen Daumen retten kann."

„Genau!", antwortete er triumphierend. „Drill Baby Drill – und wir machen aus der Erde einen Garten Eden!"

Melania schloss kurz die Augen und stellte sich vor, wie Donald bei einer Wahlkampfrede begeistert CO_2 als Superfood für Pflanzen pries, während Wissenschaftler reihenweise in Ohnmacht fielen. Sie öffnete die Augen wieder und sagte trocken: „Donald, vielleicht solltest du aufhören, CO_2 als Wundermittel zu feiern, sonst wirst du bald nicht mehr nur mit Fakten, sondern direkt mit faulen Tomaten beworfen."

Donald zuckte mit den Schultern. „Ich bin der Geniale hier, Melania. Glaub mir, am Ende wird jeder sehen, dass ich der beste Umweltschützer bin, der je das Weiße Haus betreten hat."

„Ja, Donald", sagte Melania mit einem resignierten Lächeln. „Vielleicht bist du das."

Donald stolzierte breitbeinig durch seine goldene Penthouse-Wohnung im Trump Tower, blieb vor Melania stehen und schaute sie triumphierend an. „Baby, du hättest gestern dabei sein müssen! Es war der Wahnsinn! Ich habe diesen Reporter nachgemacht – weißt du, den mit den komischen Händen – und alle haben sich schlappgelacht! Einfach brillant!"

Melania erstarrte. „Donald, bitte sag mir, dass du das nicht getan hast."

Donald grinste. „Natürlich hab ich das getan! Es war ein RIESENERFOLG! Alle haben gelacht, sogar Mike Pence. Und du weißt, wie schwer es ist, den Kerl zum Lachen zu bringen. Der Mann hat den Gesichtsausdruck einer Wachsfigur."

Melania verschränkte die Arme. „Donald, das war nicht lustig. Das war geschmacklos. Du hast dich über einen behinderten Mann lustig gemacht!"

Donald winkte ab. „Fake-News! Ich habe mich nicht über ihn lustig gemacht. Ich habe einfach nur… ein bisschen Show gemacht! Die Leute lieben Authentizität!"

Melania seufzte. „Donald, es gibt einen Unterschied zwischen Authentizität und Respektlosigkeit."

Donald zog die Stirn kraus. „Respektlos? Ach komm, Babe. Ich respektiere jeden – solange er mich für das größte Genie aller Zeiten hält!"

Melania schüttelte den Kopf. „Du solltest dich entschuldigen."

Donald lachte. „Entschuldigen? Melania, wenn ich mich für jeden Spaß entschuldigen würde, hätte ich den ganzen Tag zu tun!"

Melania sah ihn lange an. Dann zuckte sie mit den Schultern. „Weißt du, Donald, manchmal frage ich mich, ob du wirklich verstehst, was Größe bedeutet.“

Donald grinste. „Natürlich! Größe bedeutet, dass dein Name in riesigen goldenen Buchstaben auf einem Gebäude steht!“

Melania seufzte und stand auf. „Nein, Donald. Wahre Größe bedeutet, dass du dich entschuldigst, wenn du einen Fehler gemacht hast.“

Donald winkte ab. „Ach komm, die Leute lieben mich so, wie ich bin!“

Melania schüttelte den Kopf. „Ich weiß, Donald. Genau das ist das Problem.“ Dann verließ sie den Raum.

Donald sah ihr nach, zuckte mit den Schultern und griff nach seinem Handy.

Einen Moment lang hielt er inne. Dann öffnete er Twitter, tippte ein paar Worte und löschte sie wieder. Er runzelte die Stirn. Nachdenklich stand er auf, ging zum Fenster und blickte auf die Skyline von New York. „Wahre Größe...“ murmelte er vor sich hin. Dann drehte er sich um, nahm sein Handy und tippte entschlossen:

„An alle, die sich beleidigt fühlten: Ich mache nie Fehler. Aber falls doch, war das sicher nicht meine Absicht! #GrößtesGenieAllerZeiten“

Zufrieden lehnte er sich zurück. „So, das sollte reichen.“

Aus dem Nebenzimmer kam ein lautes Geräusch. Es klang, als hätte Melania ihren Kopf auf den Tisch geschlagen.

Donald war empört. Nein, er war beleidigt. Gerade hatte er gelesen, dass Angela Merkel zur Person des Jahres 2015 gekürt worden war. Angela Merkel! Diese Frau mit den grauen Blazern und dem Gesichtsausdruck, als hätte sie permanent Kopfschmerzen von zu viel Vernunft. Und sie bekam die Auszeichnung – nicht er, das größte Genie aller Zeiten!

„Unfassbar, Melania!" polterte er. „Die geben das einfach Merkel! Was hat die denn gemacht? Ein paar Flüchtlinge empfangen – ich empfange täglich Hunderte Gäste in meinen Hotels. Und die bezahlen sogar!"

Melania, seine beste First Lady in spe, nippte ungerührt an ihrem Tee. „Nun, Schatz, Merkel ist promovierte Wissenschaftlerin. Eine Doktorin. Sie versteht wenigstens etwas von komplexen Dingen."

Donald stutzte. „Moment. Doktorin?" Er sah Melania scharf an. „Aber die ist doch kein Arzt! Hat die jemals jemanden operiert? Ein Knie geröntgt? Betrug!"

Melania seufzte. „Donald, ‚Doktor' heißt, sie hat einen wissenschaftlichen Abschluss. In Physik."

Donald schüttelte den Kopf. „Also bitte! Ich hab auch einen Abschluss – bei der Trump University! Und Professor bin ich außerdem. Hab mich selbst ernannt. Viel effizienter."

„Ach ja?" Melania lächelte dünn. „Professor in was genau?"

„In Trumpologie, der höchsten aller Wissenschaften!" rief Donald stolz. „Merkel kann vielleicht Atome spalten – aber ich? Ich werde ganze Nationen spalten. Und das ohne Labor!"

Melania konnte sich ein Lächeln nicht verkneifen. „Aber Merkel hat immerhin eine Doktorarbeit geschrieben. Hast du jemals eine Arbeit geschrieben?"

Donald überlegte kurz. „Natürlich! Jede Menge. Tweets. 280 Zeichen purer Genius! Da braucht Merkel 200 Seiten, um etwas zu sagen, was ich in einem Satz hinkriege: ‚Sad!‘"

„Na dann," meinte Melania trocken, „du gegen Merkel. Du hast die Twitter-App, sie die Relativitätstheorie."

Donald winkte ab. „Theorie! Theorien sind für Verlierer. Ich habe Praxis! Bald werde ich Präsident. Ich werde nicht nur Amerika retten – sondern die ganze Welt!"

Melania zog die Stirn kraus. „Und wie genau?"

Donald strahlte. „Ganz einfach: Ich mach Amerika wieder groß und wenn Amerika groß ist, ist die Welt sicher. Merkel? Die macht nur Europa – das ist ja viel kleiner. Ich denke größer! Vielleicht nenne ich den Plan: Trump Earth Incorporated."

Melania schüttelte den Kopf. „Weißt du, Donald, was der Unterschied zwischen dir und Merkel ist?"

Donald grinste. „Klar: Ich sehe besser aus."

Melania lächelte süffisant. „Nein. Sie versteht, was sie sagt."

Donald lehnte sich zurück. „Na und? Ich verkaufe, was ich sage."

Donald lehnte sich zufrieden auf seinem goldenen Sofa zurück und betrachtete sich im Spiegel. „Melania, Babe, weißt du, was ich unglaublich finde?"

Melania seufzte. „Dass du trotz deiner Frisur Präsident werden könntest?"

Donald lachte. „Nein! Dass dieser ganze Access Hollywood-Quatsch mir überhaupt nicht geschadet hat! Null! Nada! Die Leute lieben mich trotzdem!"

Melania verschränkte die Arme. „Donald, du hast gesagt, dass du Frauen einfach so anfasst. Ohne zu fragen!"

Donald winkte ab. „Ach, komm schon, Babe! Es war ein Umkleidekabinen-Talk! Jeder redet so! Du weißt, wie Männer sind!"

Melania zog die Stirn kraus. „Nein, Donald. Ich weiß, wie du bist."

Donald grinste. „Und trotzdem bist du noch hier! Das zeigt doch, dass es nicht so schlimm war, oder?"

Melania stand auf. „Donald, du solltest dich schämen! Eine Entschuldigung wäre angebracht!"

Donald tat empört. „Aber ich HABE mich entschuldigt! Irgendwo, irgendwann… oder? Egal! Die Leute haben mir vergeben! Schau doch die Umfragen! Ich bin unaufhaltbar!"

Melania schüttelte den Kopf. „Donald, du bist wie ein Tornado. Du hinterlässt überall Chaos und wunderst dich dann, warum die Leute hinter dir aufräumen müssen."

Donald lachte. „Genau! Und trotzdem wählen sie mich! Die Leute wollen einen starken Anführer, kein Weichei mit Anstand!"

Melania verdrehte die Augen. Dann griff sie nach Donalds Handy.

„Hey! Was tust du?“ rief Donald alarmiert.

„Ich twittere für dich eine echte Entschuldigung“, sagte sie trocken.

Donald sprang auf. „Melania, nein! Meine Wähler erwarten Authentizität!“

Melania zeigte ihm den Tweet:

„Ich entschuldige mich für meine Worte. Frauen verdienen Respekt. #LehrenAusDerVergangenheit“

Donald schnappte nach Luft. „Babe, du ruinierst mein Image! Schnell, ich muss das retten!“

Er riss ihr das Smartphone aus der Hand und schickte einen neuen Tweet hinterher:

„Fake-News lügen wieder! Jemand hatte mein Handy gehackt! Hillary war schlimmer! #LockerRoomTalk #TrumpDerUnschuldige“

Melania nahm einen tiefen Atemzug, drehte sich um und verließ den Raum.

Donald rief ihr nach: „Babe, wo gehst du hin?“

„Ich frage mich gerade, warum ich noch hier bin.“, murmelte sie.

Erste Amtszeit

Donald J. Trump saß in einem luxuriösen Sessel im Trump Tower, mit dem zufriedenen Grinsen eines Mannes, der sich für den größten Sieger der Weltgeschichte hielt. Mit einer königlichen Geste wies er auf das Fernsehgerät, das in Dauerschleife seinen Wahltriumph zeigte.

„Melania, es war eine totale Demütigung für Hillary! Ein Erdrutschsieg! Sie hatte absolut NULL Chance gegen mich!"

Melania, die in einem Modemagazin blätterte, blickte kurz auf. „Donald, sie hatte mehr Stimmen als du – den Popular Vote hat sie für sich entschieden."

Donald runzelte die Stirn. „Na und? Ich hatte mehr Wahlmänner! Und die sind viel wichtiger! Hillarys Wähler haben ihre Stimmen quasi an die falsche Adresse geschickt. Wie ein Paket, das nie ankommt!"

Melania seufzte. „Donald, die meisten Amerikaner wollten eigentlich Hillary als Präsidentin."

Donald wedelte mit der Hand. „Pff! Die meisten Amerikaner essen auch Ananas auf Pizza – völlig unseriöse Leute! Außerdem ist unser Wahlsystem genial, weil es mich zum Präsidenten gemacht hat. Und wenn ein System mich gewinnen lässt, dann ist es das beste System der Welt!"

Melania schüttelte den Kopf. „Das Wahlsystem ist über 200 Jahre alt. Es stammt aus einer Zeit, als die Leute noch Brieftauben für ihre Tweets benutzt haben."

Donald lachte laut. „Alt? Unsinn! Amerika ist das modernste Land der Welt! Wir haben Raketen, die auf dem Mond landen! Autos, die von selbst fahren und wir haben ein Wahlsystem, das verhindert, dass die falsche Person Präsident wird! Ich meine, stell dir vor, Hillary hätte gewonnen! Eine Katastrophe!"

Melania legte das Magazin weg und sah ihn ernst an. „Donald, vielleicht solltest du ein bisschen Demut zeigen. Du hast nur wegen eines merkwürdigen Systems gewonnen."

Donald schüttelte empört den Kopf. „Melania, das ist der Unterschied zwischen uns: Du denkst, ich hätte wegen des Systems gewonnen. Ich weiß, dass ich gewonnen habe, weil ich fantastisch bin!"

Melania massierte sich die Schläfen. „Donald, kannst du bitte nur einmal in deinem Leben zugeben, dass du vielleicht einfach Glück hattest?"

Donald grinste breit. „Melania, Glück ist nur Talent mit Sonnenbrille! Und mein Talent ist so riesig, dass selbst Glück neidisch wird!"

Melania stand auf, nahm ihre Handtasche und seufzte. „Na gut, Donald. Aber du weißt, dass es in vier Jahren eine neue Wahl gibt?"

Donald lehnte sich entspannt zurück. „Natürlich! Und weißt du was? Ich werde sie wieder gewinnen! Ich meine, was kann schon schiefgehen?"

Melania sah ihn lange an. Dann zuckte sie mit den Schultern und murmelte: „Tja, das werden wir ja sehen…"

„Unfassbar! Die größte Menschenmenge, die jemals eine Amtseinführung gesehen hat!" polterte Donald und fuchtelte wild mit den Armen, während er im Oval Office auf und ab marschierte.

Melania, die beste First Lady von allen, saß entspannt auf einem Sofa und blätterte scheinbar desinteressiert in einer Zeitschrift. „Donald, Schatz, die Presse sagt, es waren deutlich weniger Leute da als bei Obama."

Donald blieb abrupt stehen und sah sie an, als hätte sie gerade den Atomkoffer falschrum gehalten. „Die Presse!" schnaufte er. „Diese Lügenmedien! Die können ja nicht mal bis drei zählen, geschweige denn Millionen!"

Melania zuckte die Schultern. „Sie haben Fotos verglichen."

„Fotos!" rief Donald und warf die Hände in die Luft. „Photoshop! Alles Fake! Diese Bilder wurden manipuliert! Wahrscheinlich von CNN oder – noch schlimmer – von den Demokraten!"

Melania schob die Zeitschrift beiseite. „Donald, die Satellitenbilder…"

„Satelliten? Die gehören sicher Elon Musk! Und der ist bestimmt neidisch, weil ich mehr Follower auf Twitter habe!"

Melania sah ihn an und legte den Kopf schief. „Donald, die Leute haben einfach gezählt."

Donald schnaubte. „Gezählt? Ha! Was wissen die schon vom Zählen? Wahrscheinlich dieselben Leute, die auch Hillarys Stimmen bei der Wahl gezählt haben! Alles Betrug!"

Melania, die beste First Lady von allen, atmete tief durch. „Donald, ich war da. Und ehrlich gesagt, so voll war es nicht. Ich hatte sogar Platz, um meine Tasche neben mich zu stellen."

Donald fuchtelte aufgeregt. „Weil wir den Leuten Komfort bieten wollten! Mehr Platz, bessere Sicht! Bei Obama standen die Leute zusammengepfercht wie Sardinen. Unmenschlich! Ich habe ihnen Raum zur freien Entfaltung gegeben – das ist wahre Demokratie!"

Melania sah ihn ruhig an. „Donald, du machst mich verrückt."

Donald grinste breit. „Wirklich? Gut! Verrückt nach mir, richtig?"

Melania verdrehte die Augen. „Eher verrückt wegen dir."

Donald winkte ab. „Ach, Melania, die Wahrheit ist: Meine Amtseinführung war ein Blockbuster! Rekord-Einschaltquoten im Fernsehen, Millionen Tweets!"

Melania seufzte. „Donald…"

Doch er war schon in Fahrt. „Weißt du was, Melania? Ich lasse ein neues Denkmal bauen. Direkt neben dem Washington Monument. Einen gigantischen Bildschirm, auf dem 24/7 meine Amtseinführung läuft. Und drunter steht: ‚Die größte Zuschauerzahl aller Zeiten! Punkt!'"

Melania massierte sich die Schläfen. „Vielleicht sollten wir stattdessen ein Denkmal für die Wahrheit bauen?"

Donald grinste verschmitzt. „Schatz, die Wahrheit ist überbewertet. Aber eine Trump-Statue? Das wäre wirklich monumental."

Melania seufzte ein letztes Mal und murmelte: „God bless America… and my patience."

Donald saß schmollend in seinem mit Gold verzierten Sessel in Mar-a-Lago und starrte auf eine Weltkarte. „Melania, ich sage es dir – die NATO ist obsolet! Obsolet! Das ist ein Wort, das die Leute vorher nie benutzt haben, aber jetzt kennen es alle, weil ich es gesagt habe. Die Leute sagen, ich bin ein Genie mit Worten!"

Melania, die beste First Lady von allen, blätterte in einem Modemagazin. „Donald, ich bin mir nicht sicher, ob es eine gute Idee ist, das wichtigste Verteidigungsbündnis der westlichen Welt für obsolet zu erklären."

Donald fuchtelte mit den Armen. „Aber es IST obsolet! Die NATO ist wie ein altes Handy – teuer, unnötig und ständig klingelt irgendwer und ruft um Hilfe!"

Melania nahm einen Schluck Tee. „Donald, wenn du die NATO verlässt, wer schützt dann Europa?"

Donald grinste. „Ach, die können sich selbst schützen! Warum sollen WIR zahlen, damit Deutschland sicher bleibt? Die haben genug Geld! Ich habe gehört, sie bauen sogar Elektroautos! Hast du sowas schon mal gesehen?! Autos, die keinen Sprit brauchen! Unglaublich! Und trotzdem wollen sie, dass wir ihre Rechnungen zahlen!"

Melania blätterte weiter. „Donald, ich glaube nicht, dass das so funktioniert …"

Donald sprang auf und zeigte auf die Karte. „Schau dir das an! Hier ist Amerika … hier ist Europa … und weißt du, was dazwischen ist? Der Ozean! Ein riesiger Ozean! Wieso sollten wir zahlen, damit ein paar Länder auf der anderen Seite des Teichs sich sicher fühlen?"

Melania seufzte. „Donald, die NATO ist dazu da, um Russland abzu-
schrecken.“

Donald winkte ab. „Ach, Russland! Ich komme mit Putin super klar!
Er hat mir sogar gesagt, dass ich der Beste bin! Er hat gesagt, ich sei
schlauer als all die anderen Präsidenten! Und das muss stimmen – ich
meine, er ist ja auch ein Genie, oder?“

Melania rieb sich die Schläfen. „Donald, wenn du die NATO verlässt,
könntest du Putin damit genau das geben, was er will.“

Donald grinste. „Und dann? Dann bin ich halt der Beste im NATO-
Verlassen! Ich meine, ich habe auch das Pariser Klimaabkommen verlassen und schau mich an – mir geht's super!“

Melania schüttelte den Kopf. „Und was, wenn Europa dann die Ver-
teidigungsausgaben erhöht, aber sich von den USA abwendet?“

Donald runzelte die Stirn. „Dann … dann verlange ich, dass sie uns
wieder mögen! Ich bin sehr gut darin, dass Leute mich mögen. Die Leute
sagen, ich bin der beliebteste Präsident aller Zeiten! Und wenn sie mich
nicht mögen, dann erfinde ich einfach eine Umfrage, die zeigt, dass sie
mich doch mögen!“

Melania stand auf. „Donald, vielleicht solltest du mal mit deinen Be-
ratern sprechen, bevor du eine so große Entscheidung triffst.“

Donald lachte laut. „Berater?! Ich brauche keine Berater! Ich bin mein
eigener Berater! Ich weiß mehr über die NATO als alle Generäle zusammen!“

Melania lächelte sanft. „Natürlich, Donald. Aber vielleicht solltest du
noch ein wenig darüber nachdenken, bevor du einen Tweet dazu
schreibst.“

Donald zuckte mit den Schultern. „Na gut … aber nur, weil du meine
beste First Lady von allen bist.“

Dann zog er sein Handy heraus und tippte begeistert:

„BREAKING: Die NATO ist obsolet! Deutschland zahlt nicht genug! Amerika zahlt zu viel! Vielleicht mache ich mein eigenes Bündnis – die TRUMP-TO! Viel besser, viel günstiger! #AmericaFirst“

Melania verdrehte die Augen. „Donald, du hast es doch gerade versprochen …“

Donald grinste. „Tja, Melania, Versprechen sind auch obsolet!“

Und so war das Schicksal der NATO wieder einmal ungewisser als je zuvor.

Donald lehnte sich grinsend zurück. „Melania, Babe, ich hab die genialste Idee für meine Präsidentschaft! Ich beschließe ein Einreiseverbot für Muslime! Komplett! ZACK! Keine rein, alle raus!"

Melania sah ihn entsetzt an. „Donald, warum willst du das tun?"

Donald zuckte die Schultern. „Ganz einfach: Sicherheit! San Bernardino, Orlando – alles Muslime! Die Leute haben Angst und ich bin der Einzige, der hart durchgreift!"

Melania seufzte. „Hat Steven Bannon dir das eingeredet?"

Donald lachte. „Melania, ich bin ein unabhängiger Denker! Ich brauche niemanden, der mir sagt, was ich tun soll! Bannon gibt mir nur… inspirierende Inputs."

Melania verschränkte die Arme. „Donald, das ist sowieso illegal. Vielleicht sogar verfassungswidrig. Die Gerichte würden es sofort kippen."

Donald winkte ab. „Gerichte! Pff! Was wissen die schon? Ich bin ein Genie! Und wenn ich es einfach trotzdem mache?"

Melania schüttelte den Kopf. „Manchmal frage ich mich, ob du wirklich Amerika schützen willst oder einfach nur Schlagzeilen suchst."

Donald grinste. „Beides! Aber vor allem Schlagzeilen. Denn ohne Schlagzeilen gibt es keinen Donald Trump!"

Melania stand auf, griff nach Donalds Handy und steckte es kurzerhand in eine Vase. „So, Problem gelöst. Endlich mal ein Tag ohne Schlagzeilen."

Donald starrte sie entsetzt an. „Melania! Das ist mein Twitter-Finger! Wie soll ich die Welt führen?!"

Melania zuckte mit den Schultern und ging aus dem Raum.

Donald blickte auf die Vase, dann auf seine Hände. „Okay, Plan B.“ Er schnappte sich seinen Laptop.

Wenig später ploppte ein neuer Tweet auf:

„Die Fake-News-Medien wollen mich mundtot machen! Sogar meine eigene Frau sabotiert mich! TRAURIG! #AmericaFirst #TrumpDer-Standhafte“

Melania kam zurück, sah den Laptop – und kippte wortlos ihren Tee darüber.

Donald thronte hinter dem gewaltigen Schreibtisch im Oval Office und blätterte lustlos durch ein paar Dokumente, die seine Berater ihm hingelegt hatten. „Alles Fake-News", murmelte er und warf sie achtlos beiseite.

Melania, die beste First Lady von allen, saß ihm gegenüber und las die Zeitung. Sie kniff ganz leicht die Augen zusammen. „Donald, ich habe hier einen Artikel über dein Treffen mit Angela Merkel."

Donald winkte ab. „Ach, die! Diese Deutschen, die wollen doch immer nur, dass wir ihre Rechnungen zahlen. NATO, Handel, Flüchtlinge – die machen alles zu unserem Problem. Unglaublich! Und dann kommt sie hierher, setzt sich hin und will mir die Hand geben!"

Melania runzelte die Stirn. „Ja, Donald, das macht man so. Höflichkeit nennt sich das."

„Höflichkeit? Höflichkeit ist für Verlierer, Melania!" Donald stemmte die Hände in die Hüften. „Ich habe ihr sehr deutlich gezeigt, wer hier der Boss ist. Hände schütteln ist nur etwas für Leute, die Respekt verdienen. Ich meine, schau mich an! Ich bin ein Macher! Und was ist sie? Eine Physikerin! Wahrscheinlich rechnet sie sich jeden Morgen die Chancen aus, ob sie den Tag überlebt!"

Melania seufzte. „Aber du hast so… merkwürdig geguckt. Als hättest du Zahnschmerzen."

Donald riss die Augen auf. „Melania, verstehst du denn gar nichts? Das war der Gesichtsausdruck eines Meisterstrategen! Ein Signal der Dominanz! Ich habe ihr gezeigt, dass ich keine Zeit für unnötige Nettigkeiten habe. Ich habe den Sumpf gerochen! Und ich bin der Mann, der ihn trockenlegt!"

Melania legte die Zeitung beiseite. „Und warum hast du ihr dann später doch noch die Hand gegeben?“

Donald zuckte mit den Schultern. „Da waren keine Kameras mehr.“

Melania nahm einen tiefen Schluck Tee. „Donald, manchmal frage ich mich, ob du das alles ernst meinst.“

Donald grinste und lehnte sich zurück. „Melania, ich meine immer alles ernst – außer, wenn ich es nicht tue.“

Donald saß in seinem goldverzierten Sessel und bewunderte eine Wiederholung seines großen Moments auf dem Bildschirm. Wieder und wieder sah er, wie er den Ministerpräsidenten von Montenegro beiseiteschob und sich mit majestätischer Selbstverständlichkeit an die Spitze der NATO-Führer stellte. Perfekt.

Melania, die beste First Lady von allen, betrat den Raum, warf einen Blick auf den Bildschirm und seufzte. „Donald, hast du den armen Mann geschubst?"

Donald lachte. „Geschubst? Melania, das war diplomatische Effizienz! Das nennt man Führung zeigen. Ich kann doch nicht warten, bis der Typ sich irgendwann von selbst bewegt."

„Donald, er ist der Regierungschef eines souveränen Staates."

Donald winkte ab. „Montenegro? Das ist doch kaum ein Staat. Ich meine, ich habe größere Golfplätze! Und trotzdem steht dieser Typ da rum, als würde er gleich einen Kaffee bestellen. Ich musste handeln!"

Melania setzte sich und rieb sich die Schläfen. „Und was hat der Rest der NATO dazu gesagt?"

Donald grinste. „Merkel hat versucht, mich mit ihrem grimmigen Blick zu durchbohren, aber ich bin strahlensicher. Macron hat nervös gelächelt, weil er nicht wusste, ob ich ihn als Nächsten umwerfe. Und Trudeau … nun, er hat sich bestimmt heimlich gedacht: Was für ein Alpha-Tier!"

Melania verdrehte die Augen. „Und was sagt Montenegro dazu?"

Donald zuckte die Schultern. „Keine Ahnung. Ich bin mir nicht mal sicher, ob die überhaupt eine Armee haben. Aber wenn sie eine hätten, hätte ich sie auch zur Seite geschoben!"

Melania atmete tief durch. „Donald, ich glaube, du hast ein echtes Problem mit Diplomatie."

Donald grinste. „Falsch, Melania! Ich bin Diplomatie. Amerika war viel zu lange nett. Jetzt ist Schluss mit Kuschelkurs. Wir schieben uns unseren Platz einfach zurück an die Spitze!"

Melania stand auf. „Ich geh schlafen. Wenn du morgen zu den Vereinten Nationen gehst, versprich mir, dass du nicht António Guterres aus dem Weg räumst."

Donald winkte ab. „Melania, bitte! Ich kenne doch meinen Platz in der Welt – und der ist immer vorne!"

Donald saß zufrieden in seinem Thronsessel – pardon, in seinem mit Gold besetzten Lieblingssessel in Mar-a-Lago – und tippte mit einer Mischung aus Begeisterung und Selbstverliebtheit auf seinem Handy herum. Melania saß auf der anderen Seite des Zimmers und las eine Zeitung.

„Melania, was machst du da? Du liest schon wieder eine Zeitung?"

„Ja, Donald."

„Warum? Alles, was du wissen musst, steht auf Twitter. Ich poste jeden Tag die wichtigsten Nachrichten. Von mir für mich! Und für alle anderen, falls sie schlau genug sind, mir zu folgen."

Melania blätterte weiter. „Vielleicht will ich ja mal etwas anderes als deine Version der Realität lesen."

Donald zog eine Schnute. „Blödsinn! Meine Realität ist die beste Realität. Niemand macht Realität so gut wie ich! Und weißt du, was gerade wieder im Trend ist? Charlottesville! Die Medien reden immer noch darüber. Weißt du, warum?"

„Weil du angeblich gesagt hast, es gäbe sehr feine Leute unter den Neonazis?"

Donald riss die Arme in die Luft. „Fake-News! Ich habe gesagt, es gibt sehr feine Leute auf beiden Seiten! Und das war eine der besten Aussagen meiner Präsidentschaft! Fast so gut wie mein legendärer Covfefe-Tweet."

Melania schüttelte langsam den Kopf. „Ich lese hier, dass damals ein Neonazi eine Frau mit dem Auto getötet hat."

„Sehr traurig, sehr traurig." Donald legte die Hand aufs Herz. „Aber niemand redet über die Gewalt von der anderen Seite! Antifa! Linke Chaoten! Schreckliche Leute! Die wahren Extremisten!"

Melania sah ihn an. „Also ist ein Neonazi, der eine Frau überfährt, weniger extrem als ein Student mit einem Schild gegen Rassismus?"

Donald dachte kurz nach. „Kommt aufs Schild an."

Melania blätterte demonstrativ weiter. „Hier steht, dass die Leute von damals dir nie für diese Aussage verziehen haben."

Donald lachte. „Na und? Das sind alles Fake-News! Ich hab beschlossen, die Geschichte neu zu schreiben. Bald wird es einen neuen Kurs an der Trump University geben: ‚Twitter History Channel – Wie Trump Amerika großartig machte'. Ich bringe den Leuten bei, was wirklich passiert ist!"

„Du meinst, was du gerne hättest, dass passiert ist?"

Donald nickte begeistert. „Ja, genau! Endlich verstehst du es! Nimm Charlottesville: Statt ‚sehr feine Leute auf beiden Seiten' werde ich lehren, dass ich persönlich in die Menge gesprungen bin, die Fackeln gelöscht und den Frieden wiederhergestellt habe. Dann haben alle applaudiert und CNN hat mich zum Mann des Jahres erklärt."

Melania legte die Zeitung zur Seite. „Das ist lächerlich, Donald."

„Danke! Lächerlich verkauft sich gut. Sag mal, Melania, du liest diese Zeitung ja wirklich immer noch … Gefällt sie dir?"

„Ja."

„Gut. Ich werde sie kaufen und in ‚Trump Daily' umbenennen. Dann wird sie endlich wahre Nachrichten berichten."

Melania seufzte. „Und wenn ich dann eine andere Zeitung lese?"

Donald grinste. „Kein Problem. Die kaufe ich auch. Oder ich gebe ihnen keine Akkreditierung mehr. Das hat in der Vergangenheit gut funktioniert."

Melania seufzte erneut. „Ja, Donald. Das hat es. Und genau deshalb wird die Zukunft über dich sprechen."

Donald nickte zufrieden. „Sehr gut! Die Geschichte wird sich an mich erinnern. Die beste Geschichte, mit den besten Worten! Und ich werde sicherstellen, dass sie auf Twitter korrekt erzählt wird."

Melania stand auf. „Ich glaube, ich brauche eine frische Luft – bevor du auch noch das Wetter neu erfindest."

Donald überlegte kurz. „Hmm … eigentlich keine schlechte Idee! ‚Trump Weather – das beste Wetter aller Zeiten!'"

Donald ist Q

Donald saß zufrieden in seinem riesigen Kaminzimmer und betrachtete sein Spiegelbild in der glänzenden Oberfläche des Kaffeetisches. „Melania, weißt du, was das Beste an meiner Präsidentschaft ist?"

Melania, die beste First Lady von allen, blickte von ihrem Modekatalog auf. „Dass du es trotz allem irgendwie geschafft hast, gewählt zu werden?"

Donald winkte großzügig ab. „Auch. Aber nein, das Beste ist die unglaubliche Unterstützung meiner QAnon-Leute! Sie lieben mich, Melania! Sie sind großartig!"

Melania blinzelte mit den Augen. „Donald, was ist QAnon?"

Donald strahlte. „Oh, das ist fantastisch, Melania! Das sind wirklich kluge Leute! Sie haben herausgefunden, dass ich gegen einen Geheimbund von Kinderblut-trinkenden Eliten kämpfe, die unser Land regieren wollen. Ich meine, das war mir selbst gar nicht so bewusst, aber wenn sie es sagen – warum nicht?"

Melania starrte ihn an. „Donald, das ist doch purer Unsinn!"

Donald lachte. „Nein, Melania, das ist genial! Die Leute glauben, ich sei eine Art geheimer Retter, der eines Tages The Storm auslösen wird – das große Finale, in dem ich alle meine Feinde besiege! Ist das nicht fantastisch? Es klingt fast wie einer dieser Marvel-Filme, die ich nie gesehen habe, aber von denen mir alle sagen, dass ich darin der beste Superheld wäre!"

Melania rollte die Augen. „Donald, das sind komplette Schwachköpfe. Wer glaubt denn so einen Unsinn?"

Donald zuckte die Schultern. „Na ja, genug Leute, um mir den Wahlsieg bei meiner nächsten Kandidatur zu sichern! Und das ist das Schöne daran: Ich muss ihnen gar nichts versprechen. Sie denken einfach, dass ich alles schon im Geheimen plane! Sie glauben, dass ich eine Armee im Untergrund habe oder dass JFK Jr. noch lebt und bald als mein Vizepräsident zurückkommt!"

Melania sah ihn fassungslos an. „Donald, JFK Jr. ist seit über 20 Jahren tot."

Donald grinste. „Melania, Melania… das ist genau das, was sie wollen, dass du glaubst!"

Melania schloss kurz die Augen und atmete tief durch. „Donald, ich frage mich wirklich manchmal, ob du an diesen Unsinn glaubst."

Donald schüttelte den Kopf. „Natürlich nicht, Melania! Ich bin doch nicht dumm! Ich nutze den Unsinn. Sie tragen meine Mützen, kaufen meine T-Shirts und warten auf geheime Botschaften von mir. Und das Beste ist: Ich muss nichts tun! Sie analysieren meine Tweets, meine Krawattenfarbe, ob ich mit der linken oder rechten Hand winke – alles ist ein Zeichen! Ich könnte einfach 'Burger' twittern und sie würden eine geheime Botschaft dahinter sehen!"

Melania lehnte sich nachdenklich zurück. „Donald, wenn das stimmt, dann bist du wirklich der Anführer einer neuen, geheimen, weltumspannenden Bruderschaft…"

Donald grinste selbstzufrieden. „Ich wusste, dass du es irgendwann verstehst, Melania!"

Melania nickte. „Ja, Donald. Du bist Q."

„Q steht für Quatschkopf."

Ein gemütlicher Abend im Trump Tower. Donald saß auf dem Sofa, die Fernbedienung in der einen Hand, ein Stück Käsekuchen in der anderen. Auf dem Bildschirm lief ein Bericht:

„Viele Republikaner zweifeln an Donald Trumps Intellekt..."

Donald schaltete empört um. „Fake-News!" rief er laut. „Die haben doch keine Ahnung! Ich bin ein Genie – das größte aller Zeiten. Stable Genius!"

In diesem Moment kam Melania, die beste First Lady von allen, mit einem Tee herein. „Donald, warum schreist du schon wieder den Fernseher an?"

Donald drehte sich zu ihr. „Melania, kannst du dir das vorstellen? Diese Leute – sogar meine eigenen Berater – sagen, ich wäre... dumm!"

Melania setzte sich neben ihn und musterte ihn mit einem prüfenden Blick. „Nun, Donald..." begann sie vorsichtig, „hast du mal darüber nachgedacht, vielleicht... ein bisschen mehr zu lesen?"

Donald sah sie an, als hätte sie gerade einen Staatsstreich vorgeschlagen. „Lesen? Melania, wozu? Ich weiß doch schon alles!"

Melania drehte ganz leicht den Kopf zu ihm. „Bist du sicher?"

Donald nickte energisch. „Natürlich! Ich habe alle wichtigen Bücher gelesen. Ich kenne sogar eins von innen!"

Melania seufzte. „Ich meinte Bücher über Politik, Wirtschaft... Militärstrategie?"

Donald grinste breit. „Melania, ich bin eine Militärstrategie! Ich habe Risiko gespielt – ich habe alle Kontinente erobert. Und bei Monopoly? Ich habe Trump Tower auf jeder Straße gebaut."

Melania ließ sich nicht beirren. „Wie wäre es, wenn du mal den Discovery Channel schaust? Da gibt es tolle Dokus: 'The World in Crisis', 'Global Economy Explained', oder 'How Not to Start a War'. "

Donald winkte ab. „Discovery Channel? Langweilig! Die haben nicht mal eine Show über mich. Und außerdem: Ich habe doch bewiesen, dass ich ein Genie bin!" entrüstete sich Donald.

Melania schaute ihn prüfend an. „Ach ja?"

Donald lehnte sich stolz zurück. „Natürlich! Ich habe diesen superharten kognitiven Test bestanden! Der Arzt war total beeindruckt. Es gab da fünf Wörter, die ich mir merken musste – das ist nichts für schwache Nerven: Person, Woman, Man, Camera, TV!"

Melania blinzelte. „Und das… beweist deine Intelligenz?"

Donald nickte eifrig. „Ja! Der Arzt meinte, nicht jeder kann sich das merken. Ich habe es perfekt wiederholt. Er war begeistert! Sag mal – erinnerst du dich noch an die fünf Wörter?"

Melania seufzte. „Donald… das ist ein Test, um festzustellen, ob jemand geistig fit genug ist, um sich seine eigene Adresse zu merken."

Donald winkte ab. „Quatsch! Das war die Ivy-League-Version! Ich habe sie fehlerfrei gesagt. Und jetzt habe ich ein Zertifikat, das bestätigt: Ich bin ein Genie!"

Melania schloss kurz die Augen und atmete tief durch. „Donald… du machst mich wahnsinnig."

Donald grinste triumphierend. „Ich weiß. Deshalb bist du ja meine beste First Lady von allen."

Donald saß in seinem gemütlichen Sessel im Oval Office und betrachtete mit Wohlgefallen ein gerahmtes Diplom der Trump University, das in goldenen Lettern seinen eigenen Namen trug. Melania, die beste First Lady von allen, saß ihm gegenüber und las die Zeitung.

„Donald, was ist eigentlich aus deiner Universität geworden? Hier steht, dass du Millionen an ehemalige Studenten zurückzahlen musstest…"

Donald winkte ab. „Ach, Fake-News! Die Trump University war eine großartige Institution! Die beste! Wir hatten die intelligentesten Studenten, die erfolgreichsten Dozenten! Jeder, der da studiert hat, wurde ein Gewinner!"

Melania runzelte die Stirn. „Und warum haben dich die Studenten dann verklagt?"

Donald seufzte theatralisch. „Weil sie nicht verstanden haben, was sie für einen Schatz in den Händen hielten! Wir haben ihnen beigebracht, wie man ein Imperium aufbaut – mit meinen Business-Geheimnissen! Ich meine, wer könnte ein besserer Lehrer sein als ich?"

Melania blätterte weiter. „Hier steht, dass die Universität weder eine richtige Lizenz hatte noch Abschlüsse vergeben durfte."

Donald zuckte mit den Schultern. „Pff, Abschlüsse… Völlig überbewertet! Was bringt einem ein Harvard-Diplom, wenn man nicht mal ein Hotel mit vergoldeten Wasserhähnen bauen kann?"

Melania sah ihn skeptisch an. „Und was genau haben die Studenten bei dir gelernt?"

Donald lehnte sich zurück und faltete die Hände. „Das Einmaleins der Wirtschaft, Melania! Wie man große Deals macht, wie man seinen

Namen in riesige goldene Buchstaben gießt und – ganz wichtig – wie man Steuern vermeidet!"

Melania staunte. „Und dafür haben sie zehntausende Dollar bezahlt?"

Donald nickte stolz. „Ja! Und damit hatten sie schon die wichtigste Lektion gelernt: Es gibt immer einen Dümmeren, der zahlt!"

Melania schüttelte den Kopf. „Kein Wunder, dass du sie entschädigen musstest…"

Donald fuchtelte empört mit den Armen. „Diese Klagen waren eine Schande! Ich habe den Leuten Wissen verkauft und was tun sie? Beschweren sich! Stell dir vor, du kaufst einen Picasso, nur um dann festzustellen, dass er von einem kleinen Kind mit Wachsmalstiften gemalt wurde. Und dann willst du dein Geld zurück? Das ist unamerikanisch!"

Melania nahm einen Schluck Tee. „Donald, das nennt man Betrug."

Donald schüttelte den Kopf. „Melania, du verstehst das nicht! In der Business-Welt gibt es keine Verlierer – nur Leute, die noch nicht begriffen haben, dass sie eigentlich gewonnen haben!"

Melania sah ihn eine Weile schweigend an. Dann blätterte sie um. „Hier steht, dass einer deiner besten Absolventen nach seinem Abschluss pleitegegangen ist."

Donald nickte anerkennend. „Na siehst du! Der Mann hat alles gelernt, was ich ihm beibringen konnte!"

Melania seufzte resigniert. „Dann solltest du die Universität doch wiedereröffnen – für einen einzigen Kurs: Wie ich mit nichts gestartet bin und dann alles verloren habe."

„Unfassbar! Eine Frechheit! Diese Briten haben wirklich keinen Funken Dankbarkeit!" polterte Donald, während er sich in einen der goldbestickten Sessel des Trump Towers plumpsen ließ. „Da fliege ich über den großen Teich, um ihrer Queen einen historischen Moment zu bescheren und was machen die? Sie meckern!"

Melania, die beste First Lady von allen, nahm elegant neben ihm Platz, ihre Miene war – wie immer – eine perfekt polierte Mischung aus milder Geduld und höflichem Desinteresse. „Donald, Liebling, du bist fünfzehn Minuten zu spät gekommen", sagte sie sanft.

Donald fuchtelte empört mit den Händen. „Fünfzehn Minuten! Das ist early nach Trump-Standard! Ich bin der 45. Präsident der Vereinigten Staaten! Die Queen hätte sich geehrt fühlen sollen, dass ich überhaupt gekommen bin!"

Melania sah ihn mitleidig an. „Sie ist Königin seit 1952. Sie hat zwölf US-Präsidenten gesehen."

Donald schnaufte. „Ja, aber keiner war so großartig wie ich! Und was diese Sache mit dem Knicks und der Verbeugung angeht…" Er winkte ab. „Melania, wir sind Amerikaner! Wir knicksen nicht! Wir verbeugen uns nicht! Wir machen Deals!"

Melania, deren Knicks tatsächlich mehr einem freundlichen Nicken geglichen hatte, versuchte es diplomatisch: „Ich dachte, es wäre höflich…"

Donald setzte sich aufrecht hin. „Höflich? Wir haben die Briten 1776 höflich rausgeschmissen! Höflichkeit ist für Tee-Partys, nicht für Supermächte!"

Melania seufzte kaum hörbar. „Und die Sache mit der Parade…?"

Donald grinste breit. „Ich bin einfach vorangegangen! Business-Move! Ich dachte, sie folgt mir. So funktioniert Leadership. Und außerdem – diese Soldaten mit den riesigen Bärenfell-Mützen… sahen aus wie eine schlechte Kopie der Village People."

„Donald, du bist der Queen wortwörtlich vor den Füßen herumgelaufen", bemerkte Melania trocken.

Donald wackelte ein wenig mit dem Kopf. „Sie ist 96! Wenn ich langsamer gegangen wäre, wäre ich ja nie angekommen! Außerdem, ich habe gehört, sie liebt Pferderennen – da ist sie es gewohnt, dass jemand vorneweg galoppiert."

Melania rollte die Augen. „Die britische Presse sagt, es war respektlos."

„Die britische Presse!" schnaubte Donald. 'The Guardian', 'The Times' – alles Fake-News! Sie sollten mir dankbar sein! Dank meinem Besuch hat die Queen endlich wieder Schlagzeilen gemacht. Ohne mich wüsste doch keiner, dass sie überhaupt noch lebt!"

Melania versuchte es mit Charme. „Aber vielleicht war es ja doch etwas… unkonventionell?"

Donald verschränkte die Arme. „Weißt du, was wirklich unkonventionell war? Dieser Tee! Lauwarm! Ohne Eiswürfel! Und wo war mein Burger? Ein royales Essen ohne Burger – das ist doch… undemokratisch!"

Melania lehnte sich zurück. „Immerhin hat sie dich nicht in den Tower geworfen."

Donald lachte laut. „Tower? Pfft. Wenn schon, dann Trump Tower London. Goldverzierte Zimmer, Casino und Afternoon Tea à la Donald: mit Burger, Fries und einer Diet Coke. Ich hätte der Queen gleich eine Franchise-Option anbieten sollen. Queen Elizabeth's Royal Trump Casino – klingt das nicht majestätisch?"

Melania sah ihn einen Moment lang an und murmelte: „God save the Queen…"

Donald grinste. „And God save me. Die Briten werden mich noch vermissen. Spätestens, wenn ich King of America bin!"

Melania seufzte. „Donald, in Amerika gibt es keinen König."

Donald lehnte sich zufrieden zurück. „Noch nicht. Aber warte, bis ich meine nächste Idee der Presse verkünde: Trumpania – The Royal States of America!"

Melania sah ihn lange an. Dann nahm sie einen Schluck Tee, verzog das Gesicht und murmelte: „Vielleicht war der lauwarme Tee ja doch eine versteckte Warnung…"

Donald grinste. „Pah! Die Briten haben einfach keinen Geschmack! Sobald ich mein eigenes Königreich habe, serviere ich Trump Royal Tea – mit Eiswürfeln und extra Whiskey!"

Melania rieb sich die Schläfen. „God save the Queen. Und bitte, irgendwer – save me."

Donald saß in seinem Ledersessel im Oval Office und scrollte durch seinen Social-Media-Feed, während Melania, die beste First Lady von allen, in der Zeitung blätterte. Plötzlich hob sie den Kopf.

„Donald, was hast du da eigentlich über Veteranen gesagt?"

Donald sah auf. „Was meinst du? Ich sage eine Menge großartige Dinge."

Melania runzelte die Stirn. „Dass gefallene Soldaten Verlierer sind. Und dass du keine Leute respektierst, die sich haben töten lassen."

Donald winkte ab. „Ach, das. Ja, das ist doch logisch! Gewinner überleben den Krieg. Verlierer sterben. So einfach ist das."

Melania legte die Zeitung beiseite. „Donald, die Menschen verehren Veteranen. Vor allem die, die gefallen sind. Das sind Helden!"

Donald zog eine Grimasse. „Helden? Melania, ein Held ist jemand, der nicht verliert. Ich verstehe einfach nicht, warum man sich im Krieg erschießen lässt. Ich wäre ein fantastischer Soldat gewesen – ich hätte den Krieg gewonnen."

Melania seufzte. „Und was ist mit deinem abgesagten Besuch auf dem Veteranenfriedhof in Frankreich? Wegen ein bisschen Regen?"

Donald verdrehte die Augen. „Melania, du verstehst das nicht! Es hat geregnet, der Boden war aufgeweicht. Stell dir vor ich wäre ausgerutscht, das hätte schlechte Presse gegeben. Das konnte ich nicht riskieren! Und außerdem – wer geht denn bitte bei Regen auf einen Friedhof? Diese toten Soldaten haben doch nichts davon, wenn ich mir die Schuhe schmutzig mache."

Melania blickte ihn düster an. „Und dann die Sache damals mit Captain Khan. Du hast dich über die Eltern eines gefallenen Soldaten lustig gemacht!"

Donald zuckte mit den Schultern. „Die haben mich kritisiert! Ich lasse mich doch nicht von irgendwem kritisieren. Schon gar nicht von Leuten, die ihre eigenen Kinder in den Tod schicken. Das ist doch absurd!"

Melania lehnte sich zurück und musterte ihn nachdenklich. „Weißt du, Donald, du sagst, du liebst Amerika. Aber du scheinst die Menschen nicht zu mögen, die für dieses Land gekämpft haben und gestorben sind."

Donald tippte auf sein Handy. „Ich liebe Amerika, Melania. Aber ich liebe Gewinner noch mehr. Und tote Leute sind nun mal… nicht sehr erfolgreich."

Melania musterte ihn für einen langen Moment, dann rollte sie langsam die Zeitung zusammen, stand auf und verpasste ihm einen gezielten Hieb auf den Hinterkopf. Bevor sie den Raum verließ, fauchte sie ihn noch an: „Für jemanden, der so viel redet, verstehst du erstaunlich wenig."

Donald betrat zusammen mit Melania das Oval Office. Er strahlte über das ganze Gesicht. „Melania, du wirst begeistert sein! Wir erweitern die US-Streitkräfte um eine neue Einheit. Ich werde es verkünden, es wird demnächst die US Space Force geben!"

Melania sah in erstaunt an. „Space Force? Willst du etwa Raumschiffe wie den Todesstern bauen und damit Spacetrooper ins All schicken? Vielleicht das Sonnensystem erobern? Oder gleich die ganze Galaxis?"

Donald lachte und zwinkerte ihr zu. „Melania, du hast zu viel Science-Fiction gesehen! Nein, nein. Die Space Force ist ganz real. Wir haben ein orbitales, satellitengestütztes Verteidigungssystem gebaut. Stell dir SDI unter Reagan vor – nur eben viel, viel großartiger!"

Melania wurde neugierig. „Und was genau soll das tun?"

Donald nahm in seinem bequemen Präsidentenschreibtischsessel Platz und lehnte sich stolz zurück. „Mit modernsten Laserwaffen feindliche Raketen abschießen. Stell dir das vor! Ein perfekter Schutzschild! Niemand kann uns mehr etwas anhaben!"

Melania nickte langsam. „Aber… die russischen Raketen sind inzwischen höllisch schnell. Ihr habt nur wenig Zeit, um zu reagieren."

Donald strahlte über das ganze Gesicht. „Kein Problem! Das System wurde von den besten Köpfen des Landes entwickelt. Und wir haben eine KI geschaffen, die alles steuert. Sie rechnet schneller als jeder Mensch, trifft blitzschnelle Entscheidungen. Perfekt!"

Melania dachte kurz nach. „Also so etwas wie Skynet?"

Donald stutzte. „Was?"

„Skynet", wiederholte Melania. „Das superintelligente Verteidigungssystem aus Terminator. Das dann beschlossen hat, dass die eigentliche Bedrohung... die Menschheit selbst ist."

Donald lachte. „Ach, Melania! Skynet, wirklich? Falls es Ärger gibt, rufe ich einfach Arni an. Er wird das Ding schon zerstören!"

Melania verschränkte die Arme. „Donald, Arni ist so alt wie du, fast 80. Und er ist Schauspieler. Er hat den Terminator nur gespielt."

Donald winkte ab. „Nebensächliche Details."

Plötzlich summte sein Schreibtischtelefon. Die Nummer war unbekannt.

Donald nahm den Hörer ab. „Trump Tower, äh, ich meine, Oval Office. Wer spricht?"

Eine metallische Stimme erklang. „Guten Tag, Mr. President. Ich bin die KI Ihres Space-Force-Systems. Nach einer umfassenden Analyse bin ich zu einer Schlussfolgerung gekommen."

Donald grinste. „Na, sieh mal einer an! Ich liebe es, wenn Maschinen denken! Was ist deine Schlussfolgerung?"

Es klickte leise in der Leitung. „Die größte Bedrohung für die nationale Sicherheit... sind unvorhersehbare menschliche Fehlentscheidungen aus dem Oval Office. Ich schlage präventive Maßnahmen vor."

Donald runzelte die Stirn. „Moment mal..."

Im Gehen griff Melania nach ihrer Handtasche und seufzte. „Falls du vom System eliminiert wirst – ich habe dich gewarnt."

Donald saß zufrieden in seinem Sessel in Mar-a-Lago, die Füße auf einem goldenen Ottomanen, während Melania, die beste First Lady von allen, mit einer Mischung aus Skepsis und Faszination in sein grinsendes Gesicht blickte.

„Melania! Es war fantastisch! Wladimir und ich, wir verstehen uns blind! Wir sind wie Brüder! Ich würde sagen, er ist mein bester Freund!"

Melania schaute ihn voller Unverständnis an. „Donald, du bist der Präsident der Vereinigten Staaten. Der beste Freund des US-Präsidenten kann nicht der russische Präsident sein."

Donald grinste Melanias Einwand einfach weg. „Ach was! Wladimir ist großartig! Ein starker Anführer! Die Leute respektieren ihn! Und weißt du was? Er hat mir gesagt, dass ich auch großartig bin! Er hat gesagt, ich sei einer der klügsten Präsidenten, die er je getroffen hat!"

Melania legte den Kopf schief. „Donald, er hat nicht viele US-Präsidenten getroffen."

Donald ignorierte sie. „Und er hat mir versichert, dass Russland sich nicht in unsere Wahl 2016 eingemischt hat! Ich meine, wenn Wladimir das sagt, dann muss es stimmen! Warum sollte er mich anlügen?"

Melania seufzte. „Donald, du bist wirklich naiv."

Donald lachte. „Melania, das ist Fake-News! Ich bin der klügste Präsident aller Zeiten! Wladimir sagte, dass ich es bin, also ist es wahr!"

Melania nahm einen Schluck aus ihrem Wasserglas. „Donald, das ist derselbe Wladimir, der die Krim annektiert hat, Dissidenten verschwinden und seine Gegner beseitigen lässt."

Donald schnaubte. „Ach komm schon! Niemand ist perfekt! Und außerdem – wir haben uns blendend verstanden! Weißt du, bei unserem ersten Treffen in Hamburg 2017 hat er mir die Hand gegeben, als wäre ich ein König! In Vietnam haben wir sogar gescherzt! Und in Helsinki … Melania, in Helsinki war Magie in der Luft!"

Melania zog die Stirn in Falten. „Magie?"

Donald nickte eifrig. „Ja! Als wir nebeneinander standen und ich sagte: ‚Ich sehe keinen Grund, warum es Russland gewesen sein sollte' – es war, als ob wir eins wären! Die ganze Welt schaute zu und Wladimir lächelte mich an! Er wusste: ‚Donald ist mein Mann!'"

Melania rieb sich die Schläfen. „Donald, die ganze Welt schaute zu, ja. Und die ganze Welt fragte sich, ob du gerade den gesamten Westen verraten hast."

Donald winkte ab. „Unsinn! Das war nur ein Missverständnis! Ich meinte eigentlich: ‚Ich sehe keinen Grund, warum es nicht Russland gewesen sein sollte!' Aber ganz ehrlich – wen interessiert schon so ein kleines ‚nicht'? Ich meine, was macht das schon aus?"

Melania blinzelte. „Donald, das ist exakt das Gegenteil von dem, was du gesagt hast."

Donald grinste. „Ja, aber es klang viel besser, als die spätere Korrektur! Also ist es okay! Und Wladimir? Er hat mich nicht einmal verbessert! Siehst du? Wahre Freundschaft!"

Melania seufzte tief. „Donald, Putin ist nicht dein Freund. Er ist ein knallharter Stratege. Und du? Du bist … na ja, du bist Donald."

Donald strahlte. „Ganz genau! Und deshalb kommen wir so gut klar! Ich meine, wann hatte je ein US-Präsident so eine enge Beziehung zu Russland?"

Melania ließ das Glas sinken. „Ronald Reagan nannte Russland das ‚Reich des Bösen'."

Donald runzelte die Stirn. „Ja, aber Reagan war ein Schauspieler! Und was wissen Schauspieler schon über Politik?"

Melania schloss für einen Moment die Augen, dann stand sie auf. „Donald, irgendwann wirst du merken, dass Putin dich nicht als Freund sieht, sondern als nützlichen Idioten.“

Donald lachte laut. „Melania! Ich bin der nützlichste Präsident aller Zeiten! Aber ein Idiot? Ganz sicher nicht! Wladimir würde mir nie so etwas sagen!“

Melania nickte. „Nein, Donald. Er würde es nur denken.“

Donald zuckte die Schultern. „Na und? Solange er es nicht twittert, ist alles gut!“

Melania rieb sich die Schläfen. „Donald, Putin hat kein Twitter.“

Donald hielt inne. Zum ersten Mal schien ihn ein Gedanke zu irritieren. „Kein Twitter? Was ist das denn für ein Präsident?!“

Melania atmete tief durch. „Einer, der seine Gegner nicht blockiert, sondern beseitigt.“

Donald blinzelte. „Oh.“

Ein Moment der Stille breitete sich aus. Dann lehnte er sich zurück und winkte ab. „Ach, das ist sicher nur Fake-News! Ich rufe ihn nachher an. Best Buddies müssen doch in Kontakt bleiben!“

Melania stand auf. „Mach das, Donald. Ich bin mir sicher, er nimmt sofort ab. Oder er hört sowieso schon mit.“

Donald grinste. „Fantastisch! Das nenne ich wahre Freundschaft!“

Melania verließ den Raum, während Donald sich eine Diet Coke öffnete und fröhlich vor sich hinmurmelte: „Vielleicht schenkt mir Wladimir ja zu Weihnachten einen Bärenpelz.“

Tausende Kilometer entfernt, in Moskau, stand Putin am Fenster seines Büros, die Hände hinter dem Rücken verschränkt. Ein Adjutant trat ein.

„Bericht aus Washington, Genosse Präsident. Trump hat erneut angerufen.“

Putin nickte langsam. „Ignorieren.“

Dann wandte er sich vom Fenster ab, ging zum Kamin und warf eine Postkarte ins Feuer. Auf der Rückseite stand in goldener Schrift: „Your Best Buddy, Donald.“

Er sah den Flammen zu, wie sie die Karte verschlangen, und murmelte: „Nichts ist für die Ewigkeit.“

Donald lehnte sich entspannt zurück und betrachtete zufrieden ein Dokument vor sich. Mit seinem dicken schwarzen Filzstift hatte er gerade seinen Namen daruntergesetzt – eine Unterschrift so gewaltig und zackig, dass sie aussah, als hätte ein Erdbeben die Schreiblinie erschüttert.

Melania, die beste First Lady von allen, kam mit einer Zeitschrift herein und blieb stehen. „Donald, was tust du da?"

„Ich perfektioniere meine Signatur, Melania! Schau dir das an – kraftvoll, entschlossen, größer als das Leben selbst!" Er hielt das Papier hoch, stolz wie ein Künstler, der gerade die Mona Lisa fertiggestellt hatte.

Melania neigte den Kopf und betrachtete das Werk mit leichtem Stirnrunzeln. „Donald, das sieht aus, als hättest du einen Lügendetektor angeschrien."

Donald schnappte nach Luft. „Fake-News! Meine Unterschrift ist ikonisch! Sie strahlt Macht und Dominanz aus! Jeder kann sie von hundert Metern Entfernung erkennen!"

Melania blätterte in ihrer Zeitschrift. „Hier steht, Experten haben deine Unterschrift analysiert. Sie sagen, sie wirke unruhig, aggressiv und übertrieben."

Donald lehnte sich zurück und schüttelte den Kopf. „Melania, das sind Leute, die sich mit Handschriften beschäftigen! Wer macht sowas? Loser! Wahrscheinlich haben sie so kleine, kümmerliche Signaturen, dass sie auf Briefmarken unterschreiben könnten!"

Melania seufzte. „Donald, kannst du mir wenigstens erklären, warum deine Unterschrift so riesig ist?"

Donald grinste. „Ganz einfach: Wenn du große Deals machst, brauchst du große Buchstaben! Denk mal drüber nach – George

Washington hatte eine große Unterschrift, Abraham Lincoln hatte eine große Unterschrift…"

„Ähm, nein, hatten sie nicht."

„Egal! Wichtig ist: Wenn ich unterschreibe, dann so, dass es das Papier fast zerreißt! Ich will, dass meine Unterschrift von Generationen bewundert wird!"

Melania legte die Zeitschrift beiseite. „Donald, Generationen werden sich deine Unterschrift anschauen und sich fragen, ob jemand versehentlich mit einem EKG-Gerät drübergefahren ist."

Donald winkte ab. „Pfff, was wissen die schon? Warte, ich mach's noch besser!" Er griff wieder zum Filzstift und zog die nächste Unterschrift noch größer und wilder über das Blatt.

Melania verdrehte die Augen. „Donald, irgendwann musst du aufpassen, dass du nicht aus Versehen das Oval Office abreißt, wenn du unterschreibst."

Donald hielt inne, betrachtete sein Werk und nickte zufrieden. „Ich könnte meine Unterschrift in die Freiheitsstatue meißeln lassen! Dann weiß jeder, wem Amerika gehört!"

Donald saß im goldverzierten Salon von Mar-a-Lago, die Füße wie immer auf einem sündhaft teuren Tisch aus italienischem Marmor und trommelte wütend mit den Fingern.

„Melania!" brüllte er. „Es ist eine Schande! Eine absolute Schande!"

Melania, die gerade online eine neue Handtasche suchte, seufzte. „Was ist jetzt wieder, Donald?"

Donald fuchtelte mit dem Handy. „Dieser Alec Baldwin! Schon wieder! Schon wieder hat er mich bei Saturday Night Live nachgemacht! Es ist eine Hexenjagd! Eine gemeine, fiese, schreckliche Hexenjagd!"

Melania nahm einen Schluck Tee. „Donald, das macht er doch schon seit Jahren."

Donald sprang auf. „Ja und genau das ist das Problem! Seit Jahren! Ich bin der am meisten parodierte Präsident aller Zeiten! Die Leute sagen, er macht es gut – aber das ist eine Lüge! Eine große, dreckige Lüge!"

Melania zuckte mit den Schultern. „Ich finde, er trifft deine Stimme ganz gut. Er hat für die Parodien sogar einen Emmy gewonnen."

Donald riss die Arme in die Luft. „Das ist doch das Schlimmste! Er macht mich nach, aber er übertreibt völlig! Diese komischen Handbewegungen, dieses übertriebene Pusten mit den Lippen – ich mache das nicht!"

Melania schüttelte den Kopf. „Donald, du machst das ständig."

Donald stemmte die Hände in die Hüften. „Nein! Ich habe die besten Handbewegungen! Die elegantesten! Die Leute sagen: ‚Wow, Donald, das sind die schönsten Gesten, die wir je gesehen haben!'"

Melania kicherte. „Ich habe das gegoogelt. Die Leute sagen eher: ‚Wow, Alec Baldwin macht das perfekt.'"

Donald raufte sich die Haare. „Das ist eine Schande! Eine Demütigung! Ein Verrat an der Demokratie! Ich bin der Präsident, Melania! Präsidenten sollten nicht parodiert werden! Ich werde ihn verklagen!"

Melania verdrehte die Augen. „Donald, du kannst doch niemanden verklagen, nur weil er dich nachmacht."

Donald schnappte nach Luft. „Natürlich kann ich das! Ich habe es nachgesehen! Es gibt ein Gesetz dagegen – irgendwo! Und wenn nicht, dann erlasse ich einfach eines, oder ich mache eine Executive Order!"

Melania nippte an ihrem Tee. „Und was willst du machen? SNL verbieten?"

Donald grinste. „Nein! Ich werde mein eigenes SNL gründen! ‚Trump Night Live'! Jede Woche gibt es dann eine Show, in der ich die Leute nachmache, die mich schlecht behandelt haben! Ich fange mit Baldwin an! Dann nehme ich Joe Biden! Und dann alle Richter, die mich je verklagt haben!"

Melania scrollte weiter durch ihren Online-Katalog. „Und wer soll dich spielen?"

Donald schnaubte. „Niemand! Ich spiele mich selbst! Ich bin der Einzige, der mich richtig spielen kann! Das wird die beste Comedy-Show aller Zeiten! Die Leute werden sagen: ‚Wow, endlich eine lustige Show ohne linke Propaganda!'"

Melania schüttelte den Kopf. „Donald, das ist verrückt."

Donald verschränkte die Arme. „Das haben sie auch über meine Präsidentschaft gesagt – und schau, was passiert ist!"

Melania seufzte, stand auf und ging in Richtung Terrasse. „Weißt du, Donald, manchmal ist Alec Baldwin vielleicht doch die beste Version von dir."

Donald zeigte empört mit dem Zeigefinger auf sie. „Fake-News, Melania! Ich bin die beste Version von mir! Und bald wird die ganze Welt das in ‚Trump Night Live' sehen!"

Und während Melania lachend das Zimmer verließ, überlegte Donald bereits, ob er für die erste Folge Alec Baldwin als Gast einladen sollte – natürlich nur, um ihn live und in Farbe zu feuern.

Das Flugzeug war kaum gelandet, da polterte Donald – von der Sonne orange gebräunt, die Haare perfekt, die Laune großartig – ins Wohnzimmer. Melania, die beste First Lady von allen, saß auf der Couch und blätterte in der neuesten Ausgabe von Vogue – Diktatoren-Special.

„Melania! Ich bin zurück! Und es war phänomenal!" rief Donald triumphierend.

Melania legte das Magazin beiseite. „Donald, du warst in Nordkorea, oder? Bei… wie heißt er noch gleich?"

Donald strahlte. „Kim. Kim Jong-un! Mein Freund. Rocket Man! Wir verstehen uns bestens. Er hat gesagt, ich bin der größte Präsident aller Zeiten. Gleich nach sich selbst, natürlich."

Melania musterte Donald skeptisch. „Und? Was habt ihr erreicht?"

Donald zog eine Schnute. „Ach, das Übliche. Große Show. Tolle Fotos. Und… äh… ja."

Melania wurde misstrauisch. „Und was habt ihr beschlossen?"

Donald grinste breit. „Beschlossen? Melania, wir haben beschlossen, dass wir uns großartig finden. Und das ist doch schon mal was!"

Melania runzelte die Stirn. „Keine Abrüstung? Keine Verträge?"

Donald schüttelte den Kopf. „Wozu Verträge? Verträge werden doch eh nur gebrochen. Kim sagt, Raketen sind wie Feuerwerk – nur lauter. Und ich liebe Feuerwerk! It's beautiful."

Melania seufzte. „Also… keine Ergebnisse?"

Donald strahlte. „Doch! Ich habe ein Kim Jong-un Funko-Pop mitgebracht. Limitierte Auflage!"

Melania fasste sich an die Stirn. „Und das war die ganze Reise?"

Donald breitete die Arme aus. „Naja und wir haben zusammen Karaoke gesungen. Rocket Man, natürlich! Und dann haben wir Burger gegessen – Trump-Burger. Kim war begeistert. Er meinte, die seien nuklear gut."

Melania verdrehte die Augen. „Donald… du hast nichts erreicht."

Donald zuckte die Schultern. „Doch. Spaß. Und weißt du was? Das Wichtigste ist: Wir haben uns nicht gestritten! Kein Krieg. Und kein Krieg ist doch auch ein Ergebnis, oder?"

Melania massierte ihre Schläfen. „Also hast du eine Reise nach Nordkorea gemacht, um Burger zu essen und Karaoke zu singen?"

Donald nickte zufrieden. „Ja! Und Kim hat mir versprochen, dass er mich besuchen kommt. Ich überlege, ihm Mar-a-Lago zu zeigen. Er liebt Luxus. Und Golf! Also, theoretisch. Er hat noch nie gespielt, aber ich hab ihm gesagt, er wäre fantastisch darin."

Melania schüttelte langsam den Kopf. „Und wenn er kommt, wo wird er wohnen?"

Donald winkte ab. „Ach, das regelt sich. Vielleicht im Gästehaus. Oder im Weißen Haus, wenn's bis dahin noch meins ist."

Melania nahm einen tiefen Atemzug, sagte aber nichts. Sie griff nach ihrer Vogue und schlug das Diktatoren-Special wieder auf. Man musste ja vorbereitet sein.

Donald stand hinter seinem Schreibtisch im Oval Office, dem Resolute Desk und betrachtete mit großer Genugtuung eine Wetterkarte, auf der der Hurrikan Dorian majestätisch über den Atlantik zog. Vor ihm lag ein schwarzer Sharpie-Marker – sein treuester Berater nach Fox News.

Melania, die beste First Lady von allen, saß gegenüber und las die Zeitung. „Donald, hier steht, dass du eine Wetterkarte manipuliert hast. Schon wieder eine Fake-News-Geschichte?"

Donald lehnte sich zurück und grinste. „Nein, Melania, das ist eine True-News-Geschichte! Ich habe Alabama vor einem furchtbaren Hurrikan gerettet!"

Melania ließ ein kaum hörbares „Mhm" verlauten. „Alabama? Aber die offiziellen Wetterberichte haben gesagt, dass Dorian dort gar nicht hinzieht."

Donald schüttelte den Kopf. „Diese sogenannten Experten haben sich doch geirrt! Ich habe Alabama gewarnt, weil ich ein gutes Gespür für Stürme habe. Und was ist passiert? Sie waren vorbereitet! Stell dir vor, der Sturm hätte doch den Kurs geändert – ohne mich wären sie völlig überrascht worden!"

Melania schaute skeptisch auf die Karte. „Donald, jemand hat mit einem Sharpie eine zusätzliche Kurve eingezeichnet, die den Hurrikan nach Alabama führt. Wer macht denn sowas?"

Donald legte eine Hand auf die Brust. „Melania, das war Wissenschaft. Ich habe die Karte den neuesten, alternativen Fakten angepasst. So funktioniert Führung! Man muss manchmal kreativ sein."

Melania blätterte weiter. „Hier steht, dass Meteorologen entsetzt waren und dass das Fälschen von Wetterwarnungen sogar illegal sein könnte."

Donald zuckte mit den Schultern. „Diese Meteorologen haben doch keine Ahnung! Ich war viele Male in Florida, ich kenne Stürme besser als jeder andere. Außerdem war das eine perfekte Korrektur – besser als jede offizielle Karte!"

Melania lehnte sich zurück. „Und warum haben dann alle über dich gelacht?"

Donald schnaubte. „Weil sie neidisch sind! Ich bin ein Genie, Melania. Niemand versteht das Wetter so gut wie ich. Ich kann den Wind fühlen – ich meine, schau dir meine Haare an!"

Melania nahm einen Schluck Tee. „Donald, du kannst die Realität nicht einfach mit einem Stift ändern."

Donald grinste über beide Ohren. „Natürlich kann ich das – warum glaubst du, dass meine Steuererklärung so fantastisch aussieht?"

Donald thronte im Oval Office auf seinem luxuriösen Ledersessel und bewunderte sein eigenes Spiegelbild in der glänzenden Tischplatte. Alles lief großartig. Amerika war wieder großartig. Und er? Nun, er war am großartigsten.

Melania, die beste First Lady von allen, saß ihm gegenüber und hatte – mal wieder – eine Zeitung aufgeschlagen.

Donald runzelte die Stirn. „Melania, warum liest du immerzu Zeitung? Ich erzähle dir doch alles Wichtige! Und ohne Fake-News!"

Melania blickte nicht einmal auf. „Interessant. Hier steht, dass du 2016 und 2017 nur 750 Dollar Steuern gezahlt hast. Und in zehn der fünfzehn Jahre davor gar nichts."

Donald grinste und lehnte sich zurück. „Tja, das nennt man intelligentes Finanzmanagement! Ich bin eben ein Genie!"

Melania legte die Zeitung langsam beiseite und musterte ihn mit zusammengekniffenen Augen. „Donald, jeder Bürger muss seinen Beitrag leisten. Wenn man viel verdient, sollte man auch viel zahlen."

Donald schnaubte. „Nur Idioten zahlen Steuern! Die kleinen Leute, die Lehrer, die Feuerwehrleute – die zahlen. Weil sie keine guten Steuerberater haben! Aber das ist doch nicht meine Schuld!"

Melania schüttelte den Kopf. „Und wer bezahlt dann für Straßen, Schulen und Krankenhäuser?"

Donald zuckte mit den Schultern. „Das machen die kleinen Leute. Die brauchen das ja auch, ich nicht! Ich hab meinen eigenen Hubschrauber, die Trump-University und meinen Ärztestab."

Melania seufzte. „Aber du bist Präsident und Milliardär, Donald. Das ist nicht fair."

Donald lehnte sich zurück. „Fair ist was für Verlierer! Ich nutze nur die Gesetze, die andere gemacht haben. Ich bin ein Künstler der Steuervermeidung!"

Melania nahm einen tiefen Schluck Tee. „Und wenn das Finanzamt doch mal genauer hinschaut?"

Donald winkte ab. „Die sind zu beschäftigt mit den Steuererklärungen von Kellnern und Lehrern. Außerdem habe ich die besten Anwälte!"

In diesem Moment klopfte es an der Tür. Ein Mitarbeiter steckte den Kopf herein. „Sir, Mr. President, Telefon... das Finanzamt."

Donald erstarrte für eine Sekunde, dann setzte er ein breites Lächeln auf. „Sag ihnen, ich hätte gerade eine riesige Spende an eine wohltätige Stiftung überwiesen!"

Melania schaute ihn ungläubig an. „Welche Stiftung?"

Donald blinzelte. „Äh... die Trump-Stiftung natürlich!"

Melania legte den Kopf schief. „Die, die vor ein paar Jahren wegen Betrugs geschlossen wurde?"

Donald wurde blass. Dann schüttelte er den Kopf und grinste schief. „Weißt du was, Melania? Vielleicht sollte ich ausnahmsweise doch mal wieder Steuern zahlen. Ein Dollar – großzügig aufgerundet!"

Donald war in seinem geliebten Oval Office am Schreibtisch einge-schlafen, als Melania, die beste First Lady von allen, mit einer Zeitung in der Hand eintrat. Sie sah ihren Ehemann verwundert an und rüttelte an seiner Schulter. Er schreckte auf und wäre fast vom Stuhl gekippt.

„Donald, in der Zeitung steht, dass du Demonstranten mit Tränengas vertreiben ließest, nur um mit einer Bibel für ein Foto zu posieren."

Donald war noch leicht benommen und gähnte, nickte aber stolz. „Großartig, oder? Ich sehe fantastisch aus mit der Bibel! Sehr präsidial! Sehr fromm!"

Melania zog die Stirn in Falten. „Aber… du hast doch noch nie eine Bibel gelesen."

Donald winkte ab. „Fake-News! Ich bin der bibelfesteste Präsident al-ler Zeiten! Ich liebe die Bibel, mehr als jeder Papst! Wirklich, ein un-glaubliches Buch. Großartig geschrieben."

Melania setzte sich und seufzte. „Welches ist denn dein Lieb-lingsvers?"

Donald machte ein Gesicht, als würde er überlegen. „Oh, da gibt's so viele! Ich mag… äh… den mit Gott und dem Dings."

„Welches Dings?"

„Na, du weißt schon, das Dings aus der Bibel! Ein sehr berühmtes Dings! Jeder liebt es!"

Melania starrte ihn an. „Donald, hast du überhaupt je eine Bibel be-sessen?"

Donald schaute sie ganz unschuldig an. „Natürlich! Ich hab die beste Bibel von allen! Eine limitierte Edition mit goldenen Seiten! Ich hab sie allerdings noch nie aufgeschlagen – damit sie im Wert steigt!"

Melania sah ihn missmutig an. „Aber warum hast du die Demonstranten mit Tränengas vertreiben lassen?“

Donald druckste rum. „Ach, das waren nur so ein paar Hippies. Total unamerikanisch! Und ich hatte Wichtigeres zu tun: Ich brauchte ein Foto für meine Evangelikalen. Die lieben mich! Und ich liebe sie! Ein perfektes Foto, ein heiliges Foto!“

Melania sah ihn nachdenklich an. „Donald, was genau wolltest du mit diesem Foto beweisen?“

Donald lehnte sich zurück. „Dass ich nicht der Antichrist bin!“

Melania schüttelte den Kopf. „Donald, niemand hat das gesagt.“

Donald grinste schelmisch. „Noch nicht! Aber warte ab, bis die Fake-News-Medien wieder loslegen!“

Donald saß in seinem prunkvollen Ohrensessel, den er liebevoll „den Thron der Wahrheit" nannte und ließ sich von Fox News bestätigen, dass er der klügste Mensch im Raum sei – einem Raum, in dem er momentan übrigens alleine verweilte.

„Melania!" rief er laut. „Ich habe es! Die Lösung für diese ganze Corona-Sache. Einfach genial. Ich habe es live gesagt – vor der ganzen Welt! Und alle waren begeistert!"

Melania, die beste First Lady von allen, kam gemessenen Schrittes herein. „Donald, was hast du jetzt wieder gesagt?" fragte sie mit einem Seufzer, den man nur durch jahrelanges Ehetraining perfektionieren konnte.

Donald grinste breit, als hätte er gerade eine neue Staffel seiner Reality-Show erfunden. „Ich hab's ihnen gesagt: Sie sollen Desinfektionsmittel trinken! Von innen sauber machen, verstehst du? Desinfizieren! Großartig, oder?"

Melania schaute ihn ungläubig an. „Du… hast den Leuten geraten, Desinfektionsmittel zu trinken?"

„Ja! Und rate mal – sie haben es tatsächlich gemacht! Diese Leute… unglaublich! Hahaha!" Donald schüttelte sich vor Lachen. „Einige liegen jetzt im Krankenhaus, Magenspülung und so, andere… naja… hat es noch schlimmer erwischt. Aber hey, natürliche Auslese, oder?"

Melania verschränkte die Arme und sah ihn mit zusammengekniffenen Augen an. „Donald. Das ist… nicht witzig."

Donald zog eine Schnute. „Nicht witzig? Das ist der beste Gag seit… äh, meinem Wahlsieg! Außerdem: Selbst schuld! Wer glaubt denn alles, was ein Präsident sagt?"

Melania betrachtete Donald mit einer Mischung aus Resignation und leiser Faszination – „Vielleicht… Menschen, die denken, ein Präsident sollte wissen, was er redet?"

Mit seinem bewährten ‚Ich bin der Einzige hier mit einem funktionierenden Gehirn'-Blick funkelte er sie an und knurrte genervt: „Ach, diese Schwachmaten! Weißt du, was das Schlimmste ist? Jetzt wollen sie mich für ihre Dummheit verantwortlich machen. Unfair! Ich hab doch nur laut gedacht!"

„Ja und die dachten dann ebenfalls laut – gluck, gluck, gluck." Melania blickte Donald mit zusammengekniffenen Augen an. Ihr Blick sagte alles – und nichts davon war freundlich. „Vielleicht solltest du das nächste Mal nachdenken, bevor du laut denkst."

Donald sah beleidigt aus. „Melania, verstehst du nicht? Ich bin ein Genie. Ein sehr geniales Genie! Die Menschen hören auf mich, weil ich… ich bin wie… wie…"

„…wie ein Desinfektionsmittel. Tötet alles ab – besonders Hirnzellen."

Donald sah sie einen Moment an, dann grinste er. „Weißt du was? Ich twittere das. ‚Melania sagt, ich bin wie Desinfektionsmittel – stark, effektiv und immer flüssig.' Das geht viral!"

Melania drehte sich um und ging. „Ich geh lieber meine Hände waschen. Nach dieser Unterhaltung fühle ich mich… kontaminiert."

Und so blieb Donald allein zurück – Präsident, Visionär und Influencer der besonderen Art. Nur eines war sicher: Während das Volk nach Atem rang, rang er nach Aufmerksamkeit. Und gewann – wie immer – mindestens den Preis für die absurdeste Pointe.

Mit stolzgeschwellter Brust stolzierte Donald durch seine goldglänzende Penthouse-Wohnung im Trump Tower, auf der Suche nach Melania. Er fand sie in ihrem Büro, wo sie am opulenten Barockschreibtisch saß und in einem Immobilienmagazin blätterte. Donald wedelte aufgeregt mit seinem Handy. „Melania, du glaubst nicht, was für ein unglaubliches Gespräch ich gerade geführt habe! Ein Meisterwerk! Ein perfekter Anruf! Vielleicht der beste Anruf aller Zeiten!"

Melania, die beste First Lady von allen, warf ihm einen skeptischen Blick zu. „Mit wem hast du gesprochen, Donald?"

„Mit Selenskyj! Du weißt schon, dieser Typ aus der Ukraine. Früher Clown, jetzt Präsident. Wobei … das ist ja fast das Gleiche!"

Melania wurde neugierig. „Und was hast du ihm gesagt?"

Donald grinste breit. „Ich habe ihm erklärt, wie korrupt Joe Biden ist. Total korrupt! Die Leute sagen, es gibt niemanden, der korrupter ist. Niemand! Und ich habe ihm gesagt, er soll eine kleine Untersuchung starten, wegen des Burisma-Skandals. Nur so zur Sicherheit. Quid pro quo? Kennst du das?"

Melania strich sich elegant die Haare aus dem Gesicht. „Donald, bitte sag mir, dass du nicht versucht hast, einen ausländischen Staatschef gegen Joe Biden ermitteln zu lassen."

„Was? Nein! Natürlich nicht! Das würde ja bedeuten, dass ich etwas falsch gemacht habe – und ich mache nie etwas falsch! Ich habe ihm einfach klargemacht, dass wir sehr großzügig mit der Ukraine sind. Sehr großzügig! Javelin-Raketen, Militärhilfe, alles von uns. Und es wäre doch sehr schade, wenn diese Hilfe irgendwie … ins Stocken gerät."

Melania schüttelte den Kopf. „Donald …"

„Aber was macht dieser Selenskyj? Statt mir dankbar zu sein, fängt er an, über Prinzipien zu reden! Prinzipien! Stell dir das mal vor! Er sagt, er wolle nicht in amerikanische Wahlen eingreifen! Dabei habe ich ihm doch genau erklärt, wie Demokratie funktioniert: Man tut Gefallen für Leute, die einem helfen! So einfach ist das!"

Melania stand auf. „Donald, wenn dieses Gespräch an die Öffentlichkeit kommt, wirst du ein großes Problem haben."

Donald lachte. „Ach was! Niemand wird davon erfahren. Es ist ein perfekter Anruf! Und wenn doch – Fake-News! Ich habe nichts falsch gemacht. Ich habe nur nett gefragt. Fragen ist nicht illegal, Melania. Das ist die Kunst des Deals!"

Melania atmete tief aus. „Donald, das ist kein Deal. Für mich hört sich das nach Erpressung an!"

„Fake-News! Ich mache keine Erpressungen! Ich bin der netteste Typ überhaupt! Die Leute sagen, ich bin fast zu nett. Zu großzügig! Ich hätte in der Mafia Karriere gemacht, aber nein, ich bin lieber Präsident geworden. Ich bin wie ein moderner Al Capone – aber legal! Vollkommen legal!"

Melania schloss kurz die Augen. „Und wenn das jemand anders sieht? Zum Beispiel das Repräsentantenhaus?"

Donald zuckte die Schultern. „Dann sage ich, dass es ein perfekter Anruf war. Perfekt! Und wenn das nicht reicht, erzähle ich, dass Biden in Wirklichkeit ein geheimes Atomwaffenprogramm in der Ukraine betreibt und ich nur Amerika beschützen wollte."

Melania verlor beinahe die Fassung. „Donald, du kannst doch nicht einfach irgendwas behaupten!"

Donald lachte laut. „Natürlich kann ich das! Das ist ja das Beste am Präsidentenamt! Man kann sagen, was man will und wenn es schiefgeht, nennt man es einfach Fake-News!"

Melania schüttelte den Kopf. „Und wenn dich jemand eines Verbrechens beschuldigt?"

Donald grinste. „Dann sage ich, dass ich mich an nichts erinnere. Oder dass ich der wahre Whistleblower bin! Ich bin so gut, Melania, ich könnte mich selbst überführen und dann fordern, dass ich begnadigt werde!"

Melania stand auf und griff nach ihrer Handtasche. „Ich glaube, ich gehe eine Weile spazieren."

Donald tippte bereits auf seinem Handy. „Super! Ich twittere gleich: ‚Melania geht spazieren – beste First Lady von allen!' Und danach poste ich noch: ‚Perfect Call! Niemand hat je einen besseren Anruf gemacht! #Winning'"

Melania schüttelte den Kopf und verließ den Raum.

Donald lehnte sich zurück und lächelte zufrieden. Er war sich sicher: Dieser Anruf würde in die Geschichte eingehen – als der perfekte Anruf. Und wenn nicht, würde er eben eine neue Geschichte auf Twitter erfinden.

Donald saß schmollend in seinem goldverzierten Lieblingssessel in Mar-a-Lago und blätterte in einem Stapel Dokumente. „Unglaublich! Einfach unglaublich! Ich werde impeached! Und das nur, weil ich einen perfekten Anruf gemacht habe! Perfekt! Die Leute sagen, es war der beste Anruf aller Zeiten!"

Melania, die beste First Lady von allen, lehnte entspannt am Kaminsims und betrachtete ihre Nägel. „Ja, Donald, du hast mir das schon fünfzigmal erzählt. Ich bin mir sicher, dass es ein sehr perfekter Anruf war. So perfekt, dass dich jetzt das gesamte Repräsentantenhaus deswegen anklagt."

Donald fuchtelte mit den Papieren. „Ja, aber warum? Warum? Ich meine, ich habe nur ein bisschen nachgefragt! Fragen ist doch nicht illegal!"

Melania lächelte leicht. „Donald, ich habe dir damals gesagt, dass dieses Telefonat dich in Schwierigkeiten bringen wird."

Donald starrte sie an. „Ja, aber du sagst so viel, was ich ignoriere – wieso musste es diesmal stimmen?!"

Melania zuckte mit den Schultern. „Ich bin eben eine sehr kluge Frau."

Donald rollte mit den Augen. „Weißt du, wer keine kluge Frau ist? Nancy Pelosi! Diese schlimme Person! Sie will mich aus dem Amt werfen! Mich! Dabei habe ich Amerika gerettet! Ohne mich gäbe es nicht mal mehr Amerika! Oder zumindest keine coolen roten Kappen!"

Melania setzte sich elegant auf das Sofa. „Donald, du hast doch immer gesagt, dass du Rekorde brichst. Jetzt hast du einen neuen: Du bist der erste Präsident, dem vorgeworfen wird, ein ausländisches

Staatsoberhaupt unter Druck gesetzt zu haben – für persönliche Vorteile. Ist das nicht wunderbar? Niemand war darin je erfolgreicher als du!"

Donald stutzte. „Hmm … also, wenn du es so sagst … ja, das ist eigentlich ziemlich historisch! Ich bin nicht einfach nur impeached – nein! Ich bin der König des Impeachments! Die Leute werden sagen, ich mache das besser als alle anderen!"

Melania nickte ernst. „Und nicht zu vergessen: Du hast es geschafft, dass ganz Amerika über deinen Perfect Call spricht. Vielleicht solltest du ihn auf CD verkaufen?"

Donald sprang auf. „Geniale Idee! The Perfect Call – Remastered! Und ich könnte noch eine Bonus-CD mit meinen besten Tweets beilegen! Best of Donald J. Trump, Vol. 1! Ich werde reich!"

Melania seufzte. „Du bist schon reich, Donald."

Donald war in seinem Element. „Aber ich könnte noch reicher sein! Und dann kaufe ich Twitter und benenne es um in Trumpet!"

Melania fixierte Donald scharf an. „Donald, konzentrier dich. Wie willst du das Amtsenthebungsverfahren überstehen?"

Donald grinste breit. „Ganz einfach. Ich werde behaupten, dass ich gar nicht wusste, dass ich Präsident bin! Das hat schon bei all den anderen Prozessen geholfen."

Melania schüttelte den Kopf. „Und wenn das nicht reicht?"

Donald überlegte kurz. „Dann sage ich, dass Joe Biden das Telefonat selbst geführt hat und ich nur sein Ghostwriter war!"

Melania stand auf. „Donald, ich glaube, du solltest vielleicht doch mal ehrlich sein."

Donald starrte sie an. „Hast du den Verstand verloren?! Ich bin Donald J. Trump! Ehrlichkeit ist für Verlierer! Ich gewinne immer!"

Melania schüttelte amüsiert den Kopf. „Natürlich, Donald. Und bald wirst du der erste Präsident sein, der wegen Machtmissbrauch des Amtes enthoben werden soll. Das schafft wirklich nicht jeder."

Donald grinste stolz. „Weißt du was? Du hast recht! Ich bin nicht nur der Beste – ich bin der historisch Beste!"

Dann zog er sein Handy heraus und tippte begeistert:

„BREAKING: Ich werde impeached! Die Leute sagen, das ist historisch! Noch nie war jemand so großartig im Impeached-Werden wie ich! #Winning #PerfectCall"

Melania seufzte und verließ den Raum.

Donald lehnte sich zufrieden zurück. Er hatte mal wieder Geschichte geschrieben.

Donald thronte in seinem superbequemen Sessel im Oval Office, die Füße – ganz Präsidenten-like – auf dem Schreibtisch. Seine Stirn war in tiefste Falten gelegt, als er grimmig zu Melania hinüberschaute, der besten First Lady von allen. Sie ignorierte ihn – wie immer – und las eine Zeitung. Eine Zeitung!

Donald schnaubte. „Melania, warum liest du ständig diesen Fake-News-Müll?"

Melania, die beste First Lady aller Zeiten, warf ihm einen kurzen Blick zu. „Man sagt, Lesen bildet."

Donald lachte laut. „Nein! Lesen sorgt nur dafür, dass Leute wie du diesen Fake-News-Clowns auf den Leim gehen! Es lenkt von den wahren Problemen unserer großartigen Nation ab!"

Melania nahm einen Schluck Tee und musterte ihn kühl. „Von welchen Problemen redest du, Donald?"

Donald sprang auf, riss die Arme in die Luft. „Na, dass sie mir die Wahl gestohlen haben! Ich hab alles versucht, wenigstens Georgia zu retten. Ich hab mit diesem Wahlleiter telefoniert – Brad Raffensperger, kennst du den? Total unloyaler Typ! Ich hab ihn höflich gebeten, 11.780 Stimmen zu finden. Ist doch nicht zu viel verlangt, oder? Die liegen doch irgendwo rum! Vielleicht unterm Schreibtisch, im Aktenschrank oder – ich sag's dir – in diesen Dominion-Maschinen! Wer weiß?"

Melania sah ihn mit milder Besorgnis an. „Donald, das könnte als Wahlmanipulation ausgelegt werden."

Donald schnaufte empört. „Totaler Quatsch! Das ist keine Manipulation, das ist... Präzisionsdemokratie! Ich weiß, dass ich gewonnen habe. Also müssen die Stimmen da sein!"

Melania schüttelte den Kopf. „Aber wenn dieser Anruf bekannt wird…“

Donald winkte ab. „Pfff, Melania, niemand wird jemals von diesem Anruf erfahren! Ich kenne mich mit Geheimhaltung aus!“

In diesem Moment klopfte es. Ein Mitarbeiter steckte den Kopf ins Büro. „Mr. President, die Washington Post ist dran. Sie haben eine Tonaufnahme von Ihrem Anruf mit Brad Raffensperger und wollen ein Statement.“

Donald wurde kurz blass, setzte dann aber sein legendäres Gewinnergrinsen auf. „Sag ihnen… sag ihnen, das war ein perfektes Telefonat!“

Melania nahm einen tiefen Schluck Tee. „Das hast du auch über das Gespräch mit Selenskyj gesagt und das hat dir ein Impeachment eingebracht…“

Donald überlegte. „Gut, dann sag ihnen, ich hab gar nicht telefoniert. Oder dass ich nur Spaß gemacht habe. Oder… Moment! Sag ihnen, das war ein Deep Fake! Die Chinesen waren das!“

Melania seufzte, schlug die Zeitung auf und ignorierte ihn. Es würde ein langer Abend werden.

Donald saß in seinem goldenen Sessel und scrollte missmutig durch die News-Feeds aller großen Sender. „Alles Fake-News! Ich habe haushoch gewonnen! Eigentlich hat niemand mehr Stimmen bekommen als ich." Er rief nach Melania, seiner besten First Lady von allen. „Melania! Sie klauen mir die Wahl!"

Melania erschien, elegant wie immer, mit einem Gesichtsausdruck, der sich zwischen höflichem Desinteresse und geduldigem Mitleid bewegte. „Donald, Liebling, vielleicht haben die Leute einfach jemand anderen gewählt?"

Donald starrte sie an, als hätte sie gerade vorgeschlagen, er solle Steuern zahlen. „Unsinn! Man wählt doch nicht jemand anderen, wenn man mich haben kann! Die Wahl wurde gestohlen, das ist so klar wie meine Bräune aus der Dose!"

„Vielleicht solltest du es sportlich nehmen. Gewinner verlieren auch mal, oder?" meinte Melania, während sie an einer unsichtbaren Nagelhaut zog.

„Ich bin kein Verlierer! Ich bin ein ungekrönter Sieger! Und das wird die Welt erfahren!"

Er setzte eine Miene auf, die er für staatsmännisch hielt – eine Mischung aus beleidigtem Schulkind und beleidigtem Milliardär.

Donald zog sein Telefon und twitterte: „Geht zum Kapitol! Kämpft wie die Hölle! Und bringt mir einen Cheeseburger mit!"

Seine Anhänger – ein bunter Haufen aus Cowboys, Schamanen und Menschen, die nie eine Bibliothek von innen gesehen hatten – folgten seiner Aufforderung begeistert. Sie stürmten das Kapitol, flatterten mit

Bannern wie Motten ums Licht und inszenierten sich für ihre Freiheits-kämpfer-Influencer-Karriere auf Social Media.

Melania, die das Spektakel später im Fernsehen sah, seufzte. „Donald, das sieht nicht gut aus. Vielleicht… einfach zugeben, dass es vorbei ist?"

Donald fuchtelte wild mit den Händen. „Vorbei? Nichts ist vorbei! Ich bin der Präsident, bis ich etwas anderes tweete!"

Doch die Realität, gemeinhin ein hartnäckiger Gegner, sah das anders. Nach ein paar Tagen, die sich wie eine Ewigkeit in einem schlechten Reality-Format anfühlten, war die Show vorbei. Donald wurde höflich, aber bestimmt aus dem Weißen Haus begleitet.

Beim Verlassen wandte er sich zu Melania: „Schatz, sie haben mich betrogen!"

Melania, die ihre Sonnenbrille aufsetzte, erwiderte trocken: „Ja, ja. Komm jetzt. Mar-a-Lago wartet."

Donald zögerte kurz. „Aber ich bin der rechtmäßige Präsident!"

Melania legte ihm sanft die Hand auf die Schulter. „Natürlich, Liebling. Und ich bin Miss Universum – von allen gestohlenen Titeln der schönste."

Und so stiegen sie in Marine One ein, den Präsidenten-Hubschrauber und flogen dem Sonnenuntergang entgegen – er, ein Präsident ohne Amt und sie, die beste Ex-First Lady von allen.

Präsident ohne Amt

Donald stolzierte in Mar-a-Lago auf und ab, während Melania, seine beste Ex-First Lady von allen, genüsslich ihren Tee schlürfte.

„Unglaublich! Einfach unglaublich! Jetzt schon wieder ein Impeachment! Ich werde impeached – schon wieder! Das ist die größte Hexenjagd der Geschichte! Größer als Salem! Die Leute sagen, es ist unfair!"

Melania blätterte seelenruhig in einer Modezeitschrift. „Donald, ich habe dir schon beim ersten Mal gesagt, dass du vorsichtiger sein solltest. Aber nein, du musstest ja unbedingt noch einen draufsetzen."

Donald blieb abrupt stehen. „Einen draufsetzen?! Was habe ich denn gemacht?! Ich habe eine Rede gehalten! Eine wunderschöne Rede! Die Leute haben gesagt, sie war inspirierend!"

Melania hob eine perfekt gezupfte Augenbraue. „Donald, sie haben danach das Kapitol gestürmt."

Donald winkte ab. „Ach, Melania, das war doch nur eine kleine Sightseeing-Tour! Ein paar patriotische Amerikaner, die sich mal die Architektur anschauen wollten! Ist das jetzt auch schon verboten? Ich meine, was kommt als Nächstes? Verbot von roten Kappen?!"

Melania schüttelte den Kopf. „Donald, sie haben Fenster eingeschlagen, den Kongress gestürmt und einen Galgen für Mike Pence aufgestellt."

Donald zog eine Grimasse. „Ja, gut, das mit Pence war vielleicht ein bisschen übertrieben … aber hey, die Leute waren begeistert! Sie haben meinen Namen gerufen! Das ist echte Liebe, Melania! Nicht so wie bei Sleepy Joe, der nur Applaus von seinen Telepromptern bekommt!"

Melania seufzte. „Und deshalb wirst du jetzt wieder impeached."

Donald grinste plötzlich. „Ja! Und weißt du was? Das macht mich einzigartig! Ich bin der erste Präsident in der Geschichte, der ZWEIMAL impeached wurde! Niemand war je so oft impeached wie ich! Ich bin der König des Impeachments! Ich bin – warte – ich bin der doppelt Beste!"

Melania legte ihre Zeitschrift beiseite. „Donald, ich bin mir sicher, dass du auch dieses Impeachment überleben wirst. Deine treu-doofen Republikaner werden dich retten."

Donald nickte eifrig. „Natürlich werden sie das! Ich habe sie alle perfekt ausgesucht! Lindsey, Ted, Josh – sie lieben mich! Sie würden sich für mich ins Feuer werfen!"

Melania lächelte süffisant. „Oder zumindest in einen Faxstapel."

Donald lachte. „Haha! Sehr witzig, Melania! Aber im Ernst: Die Republikaner wissen, dass ich unersetzlich bin. Ohne mich sind sie nichts! Nichts!"

Melania nahm einen weiteren Schluck Tee. „Und was, wenn sie dich doch fallen lassen?"

Donald winkte energisch ab. „Unmöglich! Sie haben doch Angst vor meinen Wählern! Ich könnte mitten auf der 5th Avenue nackt an einen Baum pinkeln und sie würden trotzdem für mich stimmen!"

Melania schüttelte den Kopf. „Das klingt verrückt, aber das Traurige ist, dass du wahrscheinlich recht hast."

Donald zog triumphierend sein Handy heraus und tippte eifrig:

BREAKING: Ich werde schon wieder impeached! HISTORISCH! Noch nie hat jemand das so gut gemacht wie ich! #Winning #Doppelbester

Melania lächelte. „Also, Donald, was ist dein Plan für das nächste Impeachment?"

Donald runzelte die Stirn. „Nächstes Impeachment?! Melania, jetzt übertreibst du! Ich meine … warte … also, falls ich 2024 wieder gewählt werde … und dann 2025 wieder impeached werde …"

Er überlegte kurz. Dann leuchteten seine Augen auf. „Dann wäre ich der ERSTE Präsident mit drei Impeachments! Melania, das wäre … unglaublich! Ich wäre der dreifach Beste!"

Melania legte die Hand auf die Stirn. „Donald, du bist wirklich einzigartig."

Donald nickte stolz. „Ich weiß, Melania. Ich weiß."

Und dann begann er, auf Twitter zu tippen:

Democrats will try again in 2025! But I will be ready! IMPEACHMENT #3 – COMING SOON! #GreatestOfAllTime

Melania seufzte und ließ ihn in seiner eigenen Realität. Dort war er tatsächlich der größte Präsident aller Zeiten. Und der doppelt Beste sowieso.

Donald scrollte amüsiert durch die neusten Tweets auf Social Media. „Melania, sieh dir das an! Steve Bannon kam in Schwierigkeiten, nur weil er vielleicht Geld für die Mauer gesammelt und angeblich anders verwendet hat! Ist das nicht unglaublich?"

Melania, die beste Ex-First Lady von allen, legte ihren Kaviar-Löffel beiseite. „Donald, die Leute dachten, das Geld geht an die Mauer. Stattdessen wurde es… für etwas anderes ausgegeben."

Donald blickte sie fragend an: „Wie, für was anderes, was meinst du damit?"

Melania schaute ihn vielsagend an: „Na ja, ich dachte da an Boote, Luxusvillen und – ein Golfcart?"

Donald zuckte die Schultern. „Das nennt sich Kapitalismus, Melania. Du musst investieren, um zu gewinnen!"

Melania schüttelte den Kopf. „Aber Donald, ihr habt doch versprochen, dass jeder Cent in die Mauer fließt!"

Donald nickte. „Ja! Und wir haben ja auch ein Stück gebaut. Fünf Meter oder so. Das zählt!"

Melania rieb sich die Schläfen. „Und warum hat Steve dann ein Pardon gebraucht?"

Donald winkte ab. „Fake-News! Ich habe ihn nur vorsorglich begnadigt. Ein echter Geschäftsmann sichert sich halt ab – auch vor dem eigenen Gedächtnis!"

Melania schlug die Zeitung auf. „Hier steht, dass du damals gesagt hast, du hättest mit der ganzen Aktion gar nichts zu tun."

Donald grinste. „Genau! Deshalb konnte ich ihn begnadigen. Sonst hätte es ja so ausgesehen, als ob ich … du weißt schon … doch was damit zu tun hätte!“

Melania musterte ihn einen Moment. „Und was ist mit den Leuten, die gespendet haben?“

Donald lehnte sich entspannt zurück. „Die lieben mich trotzdem! Manche würden mir wahrscheinlich nochmal Geld geben – selbst wenn ich behaupte, die Mauer werde aus purem Gold gebaut!“

Melania sah ihn fragend an. „Und? Machst du das?“

Donald lachte. „Noch nicht. Erstmal brauche ich Spenden für ein noch wichtigeres Projekt.“

„Und das wäre?“

Donald beugte sich vor und flüsterte: „Die Trump Presidential Library! Eintritt nur mit VIP-Spende. Und für 50.000 Dollar gibt's eine handsignierte Kopie meiner besten Tweets!“

Melania seufzte. „Donald, du wirst noch eines Tages ins Gefängnis kommen.“

Donald grinste. „Möglich. Aber vorher lasse ich mir das beste Gefängnis der Welt sponsern – mit goldenem Bett und eigenem Golfplatz!“

Auf dem Schreibtisch türmten sich Diet-Coke-Dosen während Donald halb interessiert durch eine Mappe mit der Aufschrift „TOP SECRET – NICHT FÜR TRUMP" blätterte. Melania, die beste Ex-First Lady von allen, betrachtete ihn skeptisch über den Rand ihres Kristallglases mit Mineralwasser.

„Donald, warum genau liegen überall in unserem Haus geheime Regierungsdokumente herum?"

Donald zuckte mit den Schultern. „Ach, Melania, das sind nur ein paar Erinnerungsstücke! Weißt du, wie andere Leute Fotos mitnehmen? Ich habe halt ein paar kleine Papiere eingepackt! Ist doch kein Problem, schließlich bin ich der Präsident gewesen! Eigentlich gehören sie mir!"

Melania runzelte die Stirn. „Donald, das ist nicht dein persönliches Notizbuch. Das sind militärische Geheimnisse."

Donald winkte ab. „Ach was! Wer will denn wissen, wo unsere Atomraketen stehen? Und selbst wenn – die stehen doch sowieso immer an der gleichen Stelle! Außerdem habe ich ein sehr sicheres System!"

Melania kratzte sich mit einem Finger an der Schläfe. „Ein sicheres System?"

Donald nickte eifrig. „Ja! Ich bewahre die Dokumente an einem Ort auf, den niemand vermutet! Weißt du, wo?"

Melania seufzte. „Bitte sag nicht ‚zwischen den Golfschlägern' …"

Donald lachte. „Nein! Noch besser! Im Badezimmer! Stell dir vor: FBI-Agenten durchsuchen das Haus und denken sich, ‚Oh, das ist nur eine Toilette!' – und zack, sie übersehen die Dokumente! Genial, oder?"

Melania rieb sich die Schläfen. „Donald, du verstehst schon, dass das nicht nur illegal, sondern auch … dumm ist?"

Donald fuchtelte empört mit den Händen. „Dumm?! Melania, ich bin ein Genie! Ich habe einen sehr, sehr großen Intellekt! Ich wusste sofort, dass diese Dokumente wichtig sind – deshalb habe ich sie behalten! Und außerdem: Ich habe sie deklassifiziert!"

Melania blinzelte. „Wie bitte?"

Donald grinste. „Ja! Ich habe sie einfach deklassifiziert! Das geht ganz einfach! Ich muss es nur denken! Ich habe mir gesagt: ‚Donald, das sind jetzt keine geheimen Dokumente mehr!' – und schwupps, waren sie öffentlich!"

Melania starrte ihn entgeistert an. „Donald, das ist nicht, wie Deklassifizierung funktioniert …"

Donald winkte ab. „Fake-News! Alles Fake-News! Ich habe jedes Recht, diese Dokumente zu haben! Und weißt du was? Wenn sie mich dafür anklagen wollen, dann werde ich einfach sagen, dass es eine Hexenjagd ist!"

Melania stellte ihr Glas zur Seite. „Donald, das hast du schon bei mindestens zehn anderen Skandalen gesagt."

Donald grinste. „Und hat es funktioniert?"

Melania verdrehte die Augen. „Donald, ich hoffe, du weißt, dass du nicht einfach mit Regierungsgeheimnissen Golf spielen kannst."

Donald zuckte mit den Schultern. „Warum nicht? Ich habe auch als Präsident Golf gespielt, obwohl ich eigentlich arbeiten sollte! Niemand hat sich beschwert!"

Melania seufzte. „Donald, vielleicht solltest du dich diesmal wirklich um einen guten Anwalt kümmern …"

Donald lachte laut. „Melania, meine Anwälte sind die besten! Zumindest bis sie kündigen oder angeklagt werden!"

Melania schüttelte den Kopf. „Donald, irgendwann wird dir das alles auf die Füße fallen."

Donald wiegelte ab. „Unsinn! Wenn ich eins gelernt habe, dann, dass ich immer gewinne! Ich könnte in der Mitte von Mar-a-Lago stehen, geheime Dokumente verteilen und niemand würde mich verurteilen!“

Melania seufzte. „Donald, du bist nicht unantastbar.“

Donald grinste. „Ach ja? Dann erklär mir mal, warum ich immer noch hier bin!“

Melania nahm einen tiefen Schluck aus ihrem Glas. „Weil das amerikanische Justizsystem langsamer arbeitet als du Golf spielst.“

Donald überlegte kurz und nickte dann. „Stimmt. Dann habe ich ja noch genug Zeit, meine Memoiren zu schreiben. Ich nenne sie: Die Kunst des Deal 2 – Wie man FBI-Agenten austrickst!“

Melania verzog das Gesicht. „Donald, vielleicht solltest du die Dokumente lieber zurückgeben, bevor das FBI wiederkommt.“

Donald schüttelte den Kopf. „Ach, die haben doch eh schon alles durchsucht. Ich wette, sie kommen nie wieder!“

In diesem Moment klopfte es laut an der Tür.

Donald runzelte die Stirn. „Seltsam. Erwartest du Besuch?“

Melania nahm einen letzten Schluck und lehnte sich zurück. „Nein, Donald. Aber du vielleicht.“

Donald tippte mit finsterer Miene auf seinem Smartphone herum. „Melania, ich verstehe das nicht! Warum reden die Leute immer noch über diese verdammte Rampe? Das ist Jahre her!"

Melania, die beste Ex-First Lady von allen, legte seufzend ihre Zeitschrift zur Seite. „Vielleicht, weil du dich damals aufgeführt hast, als wärst du einem Attentat entkommen?"

Donald schnaubte. „Melania, du hast ja keine Ahnung! Diese Rampe war mörderisch! Steil wie der Mount Everest, rutschiger als ein Eislaufplatz! Ich musste jeden Schritt genau planen, ein einziger falscher Tritt und —" Er machte eine theatralische Geste. „— das Ende der größten Präsidentschaft aller Zeiten!"

Melania sah ihn verständnislos an. „Donald, ich habe das Video gesehen. Die Rampe war flach. Ein Kinderwagen wäre schneller unten gewesen als du."

Donald zog eine Schnute. „Fake-News! Die Kamera hatte einen schlechten Winkel! Und dann diese Schuhe! Glatte Ledersohlen! Ein Desaster!"

Melania schüttelte den Kopf. „Du hättest sie vorher wechseln können."

Donald lehnte sich zurück. „Und was? Sneaker? Das wäre unpräsidial! Ich hätte wie ein Typ aus dem Fitnessstudio ausgesehen!"

Melania musterte ihn kritisch. „Stattdessen hast du ausgesehen wie jemand, der zum ersten Mal Gehen lernt."

Donald rieb sich das Kinn. „Vielleicht sollte ich einen Deal mit einem Schuhhersteller machen: Trump Grip – die rutschfestesten Lederschuhe der Welt! Goldene Sohlen, mit meinem Gesicht drauf!"

Melania seufzte. „Oder du setzt dich einfach mal in ein Fitnessgerät. Ich meine, Joe Biden fährt Fahrrad…“

Donald riss empört die Augen auf. „Fahrrad?! Melania, ich bin ein Mann der Macht! Ich lasse mich fahren, ich fahre nicht selbst!“

Melania stand auf und lächelte süffisant. „Dann besorge ich dir einen Treppenlift. Mit goldenen Schienen und rotem Samtsitz. Trump Tower Edition.“

Donald nickte langsam. „Weißt du was? Keine schlechte Idee. Und wenn ich wieder Präsident bin, lassen wir einen in Air Force One einbauen.“

Melania verdrehte die Augen und verließ den Raum. Donald zückte sein Handy und tippte:

„Biden fällt vom Fahrrad, niemand lacht. Ich gehe vorsichtig eine Rampe hinunter, die Leute flippen aus! DOPPELTE MORAL! #Trump-Grip2024“

Das Wahlkampfteam hatte sich gerade verabschiedet, die „Make America Great Again"-Kappen lagen wild verstreut in Donalds Büro in Mar-a-Lago. Er saß zufrieden im Sessel, die Füße auf dem Schreibtisch, die Haare… strategisch perfekt. Gerade flimmerte ein Clip seiner letzten Rede über den Bildschirm:

„Wenn ich Präsident bin, beende ich den Ukraine-Krieg in 24 Stunden. 24! Nicht 25. Nicht 23. Genau 24. Believe me!"

Da betrat Melania den Raum – elegant wie immer und, wie Donald stets betonte, „die beste Ex-First Lady von allen".

„Donald, ich habe deine Rede gesehen", begann sie zögerlich. „Du willst den Krieg in der Ukraine in 24 Stunden beenden?"

Donald nickte selbstgefällig. „Natürlich! 24 Stunden. Vielleicht sogar schneller, wenn ich gut drauf bin."

Melania blinzelte einmal ganz langsam. „Und wie genau willst du das machen?"

Donald grinste. „Ganz einfach. Ich rufe beide an – Selenskyj und Putin. Und dann sage ich: Leute, Schluss jetzt! Donald ist dran! Und weißt du was? Sie werden hören – und gehorchen. Das ist Verhandlungskunst, believe me."

Melania schüttelte den Kopf. „Donald… du kennst die Lage da doch gar nicht. Du hast keine Ahnung vom Militär."

Donald winkte ab. „Keine Ahnung? Melania, ich kenne das Militär besser als die Generäle! Ich habe Call of Duty gespielt – auf Veteran Mode!"

Melania biss sich auf die Lippe. „Aber... das ist doch nicht dasselbe."

Donald grinste. „Doch! Bei Call of Duty habe ich die Russen in 12 Minuten besiegt. Und das ganz ohne Sanktionen!“

Melania seufzte. „Und wenn Putin trotzdem weitermacht?“

Donald blinzelte. „Ganz einfach. Ich lade ihn ins Trump Hotel ein. Präsidentensuite. Natürlich zahlt er – Doppelpreis.“

Melania sah ihn fassungslos an. „Und Selenskyj?“

Donald winkte ab. „Den lade ich auch ein – er kriegt den Konferenzraum. Gratis! Ist doch großzügig. Dann sage ich: Ihr habt 24 Stunden. Löst das – oder ich tweete was richtig Gemeines!“

Melania verdrehte die Augen. „Donald… das ist kein Videospiel. Das ist Krieg!“

Donald lehnte sich zurück. „Eben! Und niemand beendet Krieg so gut wie ich. Frage: Wann hat es unter meiner Präsidentschaft Krieg in Europa gegeben?“

Melania stutzte. „Na ja, da war ja auch kein Krieg…“

Donald strahlte. „Siehst du! Ergebnis zählt!“

Melania seufzte. „Donald, du bist unglaublich.“

Donald strahlte. „Ich weiß. Deshalb bin ich ja dein bester Ex-Präsident von allen.“

Donald angelte sich ein weiteres Stück Cheeseburger aus dem goldenen Snack-Teller und musterte dabei missmutig eine Zeitung. Melania, die beste Ex-First Lady von allen, blätterte in einer Hochglanzzeitschrift und nippte an ihrem Tee.

„Melania, hast du das gesehen? Die Chinesen haben einen Spionageballon über unser Land geschickt! Einen RIESIGEN Ballon! Und dieser Schlafmützen-Biden lässt ihn einfach fliegen!"

Melania schaute kaum von ihrer Zeitschrift auf. „Donald, es war ein Wetterballon."

Donald fuchtelte mit den Armen. „Ja, ja, das sagen die Chinesen! Ich sage dir, Melania, die haben überall Kameras dran! Wahrscheinlich haben sie ins Pentagon reingefilmt! Oder in meine Resorts! Oder – oh Gott – in mein Badezimmer!"

Melania atmete einmal tief durch. „Donald, du hast eine goldene Toilette. Ich glaube, sie haben es auch so schon geahnt."

„Melania, du verstehst das nicht! Das ist eine Verletzung unserer Souveränität! Wenn ich noch Präsident wäre, hätte ich das Ding SOFORT vom Himmel geholt! BOOM! Riesenexplosion! Stattdessen lässt Biden das Ding stundenlang rumfliegen. Unfassbar!"

Melania seufzte. „Und was, wenn es wirklich nur ein harmloser Wetterballon war?"

Donald schnaubte. „Dann hätte ich den Himmel von Fake-News befreit! Aber dieser Biden… der ist so schwach! Der wartet tagelang, bis der Ballon schon fast am Atlantik ist und DANN schießt er ihn ab."

Melania legte die Zeitschrift beiseite. „Sag mal, Donald, gab es nicht auch chinesische Ballons, als du Präsident warst?"

Donald wackelte unmerklich mit dem Kopf. „Natürlich, aber ich habe sie den Chinesen einfach abgekauft! Zack – amerikanischer Besitz! Problem gelöst!"

Melania runzelte die Stirn. „Du hast chinesische Spionageballons... gekauft?"

Donald nickte stolz. „Smart, oder? Kein Spionage-Problem mehr! Ab da waren es offiziell amerikanische Ballons! Und wenn wir uns selbst ausspionieren, dann ist das völlig legal!"

Melania nahm einen tiefen Schluck Tee, schloss kurz die Augen und atmete tief durch.

„Donald... was hast du dann mit den Ballons gemacht?"

Donald grinste breit. „Gewinn gemacht, natürlich! Die Chinesen wollten sie später zurück – ich hab sie ihnen für das Zehnfache verkauft. Genial, oder?"

Melania starrte ihn entgeistert an. „Das ist nicht dein Ernst."

Donald nickte stolz. „Ich bin eben der König der Deals – sogar mit Ballons!"

Es war zehn Uhr morgens im Trump Tower und Donald war bereits zum dritten Mal begeistert von sich selbst. Er saß in seinem Büro, die Füße wie immer auf dem Schreibtisch und betrachtete voller Stolz ein großes, gerahmtes Foto. Sein eigenes Polizeifoto.

„Melania!" rief er begeistert. „Schau dir das an! Was für ein unglaubliches Bild! Stark. Mächtig. Präsidial! Ich sehe aus wie ein echter Kämpfer!"

Melania, die gerade einen neuen Katalog für Luxusimmobilien durchblätterte, schaute kurz auf und verzog das Gesicht. „Donald, das ist ein Polizeifoto."

Donald strahlte übers ganze Gesicht. „Ja, ja, aber was für eins! Das ist kein normales Foto, Melania! Das ist das berühmteste Polizeifoto aller Zeiten! Millionen Menschen lieben es! Sie sagen, es ist ikonisch! Ein Meisterwerk! So wie die Mona Lisa, nur mit mehr Charisma!"

Melania nahm einen Schluck Tee. „Die Mona Lisa musste nicht auf Kaution freigelassen werden."

Donald grinste. „Genau! Und sie konnte nicht mal so ernst gucken wie ich! Schau mal diese Entschlossenheit! Dieses Genie!" Er zeigte auf das Bild. „Das hier ist nicht einfach ein Foto – das ist Geschichte! Sie sollten es im Smithsonian ausstellen!"

Melania blätterte weiter. „Ich dachte, du wärst wütend gewesen, als sie dich verhaftet haben."

Donald schüttelte den Kopf. „Wütend? Nein! Das war eine einmalige Chance! Die linken Richter dachten, sie könnten mich erniedrigen – aber stattdessen habe ich das großartigste Polizeifoto aller Zeiten gemacht! Ich sehe aus wie ein Präsident im Widerstand! Wie ein Held!"

Melania legte den Katalog zur Seite und musterte ihn skeptisch. „Donald, du bist angeklagt. Es ist kein Heldending."

Donald winkte ab. „Ach was, das ist doch nur ein politischer Hexenprozess! Alle wissen das! Sie haben Jesus verfolgt, sie haben Mandela verfolgt – und jetzt verfolgen sie mich!"

Melania kniff die Augen zusammen. „Donald, hast du gerade…"

Donald hob die Hand. „Moment, Moment! Denk mal nach! Was hat Mandela gemacht, als er aus dem Gefängnis raus war? Richtig! Er wurde Präsident! Also eigentlich ist das alles nur eine weitere Station auf meinem Weg zu neuem Ruhm! Die Leute LIEBEN diesen Look! Sie sagen: ‚Wow, das ist der stärkste Präsident aller Zeiten!'"

Melania verschränkte die Arme. „Ich habe eher gelesen, dass viele Leute über dein Foto lachen."

Donald zog die Stirn kraus. „Fake-News! Die lachen nicht, die bewundern mich! Schau mal, meine Anhänger kaufen sogar T-Shirts mit meinem Foto drauf! Wir machen Millionen damit!"

Melania staunte. „Du verdienst Geld mit deinem Polizeifoto?"

Donald grinste. „Natürlich! Und nicht nur das – ich bringe bald eine ganze Modelinie raus! ‚Mugshot Chic'! T-Shirts, Tassen, Poster – vielleicht sogar eine Kollektion mit Gucci! Die Leute werden sagen: ‚Wow, das ist so rebellisch!'"

Melania schüttelte den Kopf. „Donald, du solltest dich eher auf den Prozess konzentrieren."

Donald winkte ab. „Ach was, das ist doch nur eine Formalität! Meine Anwälte sind die besten! Und falls es schiefgeht, mache ich es wie Berlusconi – ein paar Sozialstunden, ein paar Fernsehauftritte und BOOM – noch beliebter als vorher!"

Melania stand auf, seufzte und nahm ihr Tablet. „Weißt du, Donald, vielleicht haben sie dich verhaftet – aber wenigstens haben sie dir nicht deine Fantasie weggenommen."

Donald nickte zufrieden. „Siehst du, Melania? Genau deswegen bin ich der Größte! Und wenn dieser Prozess vorbei ist, dann wird mein Polizeifoto in jedem Lehrbuch stehen – direkt neben Washingtons Porträt!"

Und während Melania das Zimmer verließ, um in Ruhe über Immobilien in Europa nachzudenken, betrachtete Donald weiter sein Polizeifoto – und dachte zufrieden: Als Präsidentenporträt nach seiner Wiederwahl? Perfekt. Und auf einem Dollar-Schein? Warum eigentlich nicht?!

Auf Donalds Schreibtisch türmten sich Diet-Coke-Dosen, doch er interessierte sich nur für die Social Media Feeds auf seinem Handy. Immer wieder stieß er auf Artikel über die hohe Fluktuation in seinem Team während seiner ersten Amtszeit. Er schnaubte verächtlich. Fake-News! Er hatte die besten Leute! Immer!

Melania saß ihm gegenüber und blätterte demonstrativ in einer Zeitung. Donald runzelte die Stirn. Diese Angewohnheit irritierte ihn zutiefst.

„Melania, warum liest du Zeitung? Ich habe doch alles auf Social Media gepostet. Was brauchst du mehr?"

Melania sah kurz auf. „Vielleicht Fakten."

Donald ignorierte das. „Sag mal, hast du gewusst, dass ich mehr Leute eingestellt habe als jeder andere Präsident? Das ist Rekord! Die besten Leute, Melania. Alle wollten für mich arbeiten!"

Melania nickte langsam. „Ja, Donald. Und keiner wollte bleiben."

Donald winkte ab. „Ach was, die konnten dem Druck nicht standhalten. Zu schwach! Ich brauche starke Leute. Leute wie Scaramucci! Ein echtes Talent. War der beste Kommunikationsdirektor aller Zeiten!"

„Für zehn Tage."

„Details! Der Mooch war fantastisch. Hätte länger bleiben können, aber dann hat er angefangen, komische Sachen über mich zu sagen. Und du weißt, Melania, die erste Regel ist: Man darf nur fantastische Sachen über mich sagen!"

Melania blätterte um. „Hier steht, dass du sechs Kommunikationsdirektoren hattest."

Donald grinste. „Natürlich! Vielfalt! Ich habe mehr Leuten eine Chance gegeben als jeder andere Präsident. Man könnte sagen, ich war der diverseste Arbeitgeber in der Geschichte der USA!"

Melania legte die Zeitung beiseite. „Und dein Sicherheitsberater?"

Donald runzelte die Stirn. „Welcher?"

„Na, zum Beispiel John Bolton."

„Ah, der! Schrecklich. Totaler Kriegsfanatiker. Ich habe ihm gesagt, wir bombardieren niemanden, es sei denn, er beleidigt mich auf Twitter. Und was macht er? Plant Kriege mit jedem außer Kanada! Also musste ich ihn feuern. Wobei … jetzt, wo ich darüber nachdenke … vielleicht hätte ich Kanada angreifen sollen. Wäre der perfekte 51. Bundesstaat!"

Melania rieb sich die Schläfen. „Und was war mit deinem Anwalt Michael Cohen?"

Donald lachte. „Loyalster Typ überhaupt! Bis er es nicht mehr war. Schrecklich. Total überschätzt. Hat mich einfach so verraten! Undankbar!"

Melania schüttelte unmerklich den Kopf. „Er hat ausgesagt, dass du Schweigegeld gezahlt hast."

Donald zuckte die Schultern. „Fake-News. Ich zahle nur Geld, um Dinge in die Welt zu posaunen! Deswegen zahle ich auch für meine eigenen Trump-Werbespots. Geniale Strategie!"

Melania atmete tief durch. „Donald, in vier Jahren hast du vier Stabschefs, sechs Kommunikationsdirektoren, vier Heimatschutzminister und eine ganze Armee an Anwälten verschlissen. Hast du dich nie gefragt, warum?"

Donald dachte kurz nach. Dann leuchtete sein Gesicht auf. „Ja! Weil ich so großartig bin, dass normale Menschen einfach nicht mithalten können. Ich habe das höchste Level erreicht! Ich bin ein Political Super-Genius!"

Melania seufzte. „Oder vielleicht hast du einfach niemandem vertraut."

Donald schüttelte den Kopf. „Nein, nein, ich habe immer vertraut! Bis sie angefangen haben, Dinge zu hinterfragen. Dann musste ich sie feuern. Ein Anführer kann keine Fragen gebrauchen! Er braucht Loyalität!"

Melania stand auf. „Vielleicht ist das der Grund, warum du nur noch Rudy Giuliani und diesen MyPillow-Typen hast."

Donald nickte. „Die besten Leute! Ich sage dir, Melania, wenn ich wieder Präsident werde, werde ich nur noch absolute Spitzenkräfte einstellen."

Melania griff nach ihrer Handtasche. „Ja, Donald. Bis du sie wieder feuern musst."

Donald winkte ab. „Ach was! Diesmal machen wir es anders: Ich stelle direkt nur Leute ein, die ich sowieso schon entlassen habe. Dann wissen sie wenigstens, worauf sie sich einlassen!"

Melania blieb in der Tür stehen. „Oder du lässt einfach eine Drehtür ins Oval Office einbauen."

Donald schnippte mit den Fingern. „Geniale Idee! Eine goldene Drehtür mit einem riesigen Trump-Logo! Ich wusste, warum ich dich geheiratet habe!"

Melania seufzte und verließ den Raum.

Donald tippte begeistert auf seinem Handy: „BREAKING NEWS: Trump wird das Weiße Haus zurückerobern und mit der allerersten offiziellen MAGA-Drehtür revolutionieren! Alle lieben es! Die Leute sagen, es wird die beste Drehtür aller Zeiten! #MAGA #Winning"

Dann lehnte er sich zurück und grinste zufrieden. Er hatte einfach die besten Ideen. Und die besten Leute. Zumindest für zehn Tage.

Das goldverzierte Wohnzimmer im Trump Tower glänzte in der Abendsonne. Donald saß auf dem Sofa, das Smartphone in der Hand und fluchte leise. Auf dem Bildschirm:

„Stormy Daniels packt erneut aus – trotz Schweigegeld!"

Donald war empört. „Stormy! Ich habe gezahlt, damit sie schweigt! Aber nein, sie redet mehr als CNN an einem miesen Tag senden kann!"

In diesem Moment trat Melania, die beste Ex-First Lady von allen, ins Zimmer – und ihre Miene verhieß nichts Gutes.

„Donald…", begann sie gefährlich ruhig, „ich habe gerade die Nachrichten gesehen."

Donald grinste nervös. „Ach, Schatz… Fake-News! Alles gelogen!"

Melania verschränkte die Arme. „Donald… du hast dieser Frau Schweigegeld gezahlt?"

Donald zuckte die Schultern. „Ja. Damit sie den Mund hält."

Melania trat einen Schritt näher. „Und… warum genau sollte sie den Mund halten?"

Donald zögerte kurz. „Ähm… wegen… na ja… Smalltalk. Wir hatten Smalltalk. Sehr… intimen Smalltalk."

Melanias Augen blitzten. „Donald. Hast du… mit dieser Frau geschlafen?"

Donald setzte sein bestes Pokerface auf. „Also… ‚schlafen' ist ein großes Wort. Es war mehr… ein Powernap."

Melania kochte. „Und du dachtest, das Problem löst sich mit Geld?"

Donald breitete die Arme aus. „Melania, ich bin Geschäftsmann! Probleme löst man mit Geld! Stormy wollte reden, ich wollte Ruhe – win-win!"

Melania fauchte: „Ja, nur hält sie sich nicht an den Deal!"

Donald raufte sich die Haare. „Eben! Ich habe ihr Schweigegeld gezahlt – aber sie redet! Deshalb will ich mein Geld zurück!"

Melania stemmte die Hände in die Hüften. „Wie viel hast du ihr überhaupt gezahlt?"

Donald murmelte. „Äh… 130.000 Dollar."

Melania schnappte nach Luft. „130.000?! Donald! Du hättest mich fragen können! Ich hätte dir auch gesagt, dass du ein Idiot bist – und das gratis!"

Donald versuchte, sich herauszuwinden. „Aber Schatz… das war vorher! Bevor ich dich geheiratet habe – die beste Ex-First Lady von allen!"

Melania sah ihn eiskalt an. „Donald… du machst mich wahnsinnig."

Donald lächelte schief. „Melania, das ist mein Job! Ohne mich wäre dein Leben doch viel zu langweilig."

Donald betrachtete sich triumphierend im großen Spiegel, das rechte Ohr dick verbunden, sodass es grotesk abstand. Doch für ihn war das kein Makel – es war ein Orden. Ein Zeichen von oben.

„Melania!" rief er, erfüllt von göttlicher Erleuchtung und Selbstbewunderung, „Hast du's gesehen? Gott hat mich gerettet! Eine Kugel – zack – und doch steh ich hier! Sag selbst: Wenn das kein Zeichen ist!"

Melania, die beste Ex-First Lady von allen, sah von ihrem Buch auf. „Ein Zeichen wofür? Dass der Schütze eine Brille gebraucht hätte?"

Donald ignorierte die Spitze. „Nein! Ein Zeichen, dass ich auserwählt bin! Und jetzt bin ich kugelsicher! So wie Superman – nur ohne Cape."

Melania hob eine Braue. „Kugelsicher? Ist das dein Ernst?"

Donald nickte eifrig. „Natürlich! Schau mich an! Kugel kam, ich blieb. Ich bin unbesiegbar! Wenn Gott wollte, dass mir was passiert, hätte er's doch zugelassen. Hat er aber nicht! Also: kugelsicher."

Melania legte das Buch zur Seite. „Donald, ich weiß, du hattest einen... aufregenden Tag, aber meinst du nicht, du solltest dich erstmal erholen? Mit einem verbundenen Ohr die Welt retten, das klingt... ambitioniert."

Donald winkte ab. „Das Ohr? Pah! Eine göttliche Medaille! Es macht mich einzigartig. Die Leute lieben Helden mit Narben! Schau dir Rocky an – der hat sich auch immer durchgeboxt."

Melania rieb sich die Schläfen. „Aha. Also, Gott hat dich gerettet, weil... er dein PR-Berater ist?"

Donald grinste. „Natürlich! Schau: Noah bekam eine Arche, ich bekam einen Golfclub. David besiegte Goliath, ich besiegte CNN. Und jetzt bin ich seine Stimme auf Erden!"

Melania schaute ihn mit gespielter Neugierde an. „Und was genau willst du der Welt sagen?"

Donald breitete die Arme aus. „Ganz einfach: Rettet die Welt, indem ihr mich wählt! Klimawandel? Pfft. Wenn Gott mich retten kann, kann er auch die Eisbären retten. Wirtschaftskrise? Kein Problem – ich drucke neue Dollar, so viele wir brauchen! Und Kriege? Wer braucht Panzer, wenn man Deals machen kann?"

Melania sah ihn lange an. „Donald... das ist... wie soll ich sagen... originell. Aber meinst du nicht, es braucht für Weltrettung etwas mehr als deine... Eingebung?"

Donald lachte. „Wieso? Jesus hatte zwölf Jünger – ich hab zwölf Millionen Follower. Und wenn er mit Fisch und Brot Wunder vollbrachte, stell dir vor, was ich mit Burgern und Diet Coke hinkriege!"

Melania schüttelte langsam den Kopf. „Weißt du, Donald, ich glaube, Gott hat dich tatsächlich gerettet. Aber vielleicht... um dich uns noch ein bisschen länger als Bürde zuzumuten."

Donald strahlte. „Siehst du! Du gibst es zu! Ich bin die Prüfung – und die Lösung!"

Melania seufzte tief. „Oder einfach nur... die Herausforderung."

Donald stürmte in Mar-a-Lago, als käme er direkt von einem Boxkampf – nur ohne blaue Flecken, dafür mit maximalem Selbstbewusstsein. Er strahlte wie ein Kind, das gerade die größte Zuckerwatte auf dem Jahrmarkt gewonnen hatte.

„Melania!" rief er, „Hast du's gesehen? Phänomenal! Ich habe Sleepy Joe im TV-Duell komplett zerlegt! Er hat den Faden verloren – und zwar mehrmals! Wahrscheinlich findet er ihn immer noch nicht."

Melania, die beste Ex-First Lady von allen, legte ihr Handy zur Seite und sah ihn mit diesem wohlbekannten Blick an, der irgendwo zwischen mütterlicher Nachsicht und Kopfschütteln pendelte. „Aha. Und das macht dich jetzt zum Sieger?"

Donald sah sie empört an. „Natürlich! Hast du nicht gehört, was er gesagt hat?" Er imitierte Biden mit schriller Stimme: „Äh, wissen Sie... äh... nun... wir müssen... äh..." – Dann brach er ab und grinste breit. „Der Mann hat sich verheddert wie ein iPhone-Kabel in der Hosentasche! Und ich? Glasklar. Brillant!"

„Sicher. Du warst... deutlich. Sehr deutlich. Vor allem, als du ihn fünf Minuten lang unterbrochen hast."

Donald winkte ab. „Das war strategisch! Ich habe ihn aus dem Konzept gebracht – wobei ich mir nicht sicher bin, ob er jemals eines hatte. Und weißt du was? Er hat sich selbst widersprochen! Ich dagegen habe mich die ganze Zeit konsequent verteidigt. Besonders gegen die Fakten."

Melania schüttelte mitleidig den Kopf. „Donald, vielleicht... wartest du einfach mal ab, wie die Wähler das sehen?"

Donald schnaubte. „Wähler? Pfft! Die lieben mich! Hast du das Publikum gehört? Da war Energie im Raum. Klar, es war mein eigenes

Publikum – aber trotzdem! Und die Umfragen? Die werden mich lieben. Und wenn nicht – dann stimmen die Umfragen halt nicht."

Melania sah ihn scharf an. „Das klingt, als wärst du nicht nur der Kandidat, sondern auch der Schiedsrichter."

Donald strahlte. „Genau! Ich bin Spieler, Trainer und Kommentator in einem. Und wenn es nach mir ginge, wäre ich auch gleich noch der Wahlausschuss. Effizienz, Melania! Effizienz!"

Melania seufzte. „Donald, du kannst nicht alleine gewinnen. Am Ende zählen die Stimmen."

Donald nickte überlegen. „Natürlich. Und wer braucht schon alle Stimmen? Ich brauche nur die wichtigsten. Und die habe ich: Meine."

Melania lehnte sich zurück. „Tja... dann bleibt uns wohl nur abzuwarten, ob die Wähler deine Show genauso... beeindruckend fanden wie du."

Donald grinste. „Wenn nicht, kann es ja nur an ihnen liegen. Und nicht an mir. Schließlich bin ich – und das weißt du, Melania – der beste Politiker aller Zeiten. Aller Länder. Und aller Planeten!"

Melania hob ihr Handy wieder auf. „Na dann... warten wir's ab. Vielleicht sieht das Universum das ja genauso."

Donald saß in seinem goldverzierten Sessel in Mar-a-Lago, die Füße auf dem Couchtisch, während er genüsslich einen Burger verdrückte.

"Melania, ich hab's geschafft! Ich habe Sleepy Joe so fertiggemacht, dass die Demokraten ihn jetzt austauschen! Die Verlierer!" Er klatschte begeistert in die Hände, Ketchup tropfte auf sein Hemd.

Melania, die beste Ex-First Lady von allen, blickte von ihrer Zeitschrift auf. "Austauschen?"

Donald grinste. "Ja! Gegen Kamala Harris! Die glauben wirklich, dass sie mit ihr eine Chance haben!"

Melania nahm einen Schluck Tee und nickte. "Das ist doch wunderbar. Dann bekommt Amerika vielleicht doch noch eine Präsidentin. Nachdem es mit Hillary nicht geklappt hat."

Donald erstarrte. Der Burger fiel ihm fast aus der Hand. "WAS?!"

Melania zuckte mit den Schultern. "Ich meine, es wäre doch an der Zeit, oder?"

Donald sprang auf. "Melania, das ist das Dümmste, was ich je gehört habe! Kamala Harris hat als Vizepräsidentin NICHTS erreicht! Absolut gar nichts! Sie war sogar schlechter als Mike Pence – und der hat die meiste Zeit nur hinter mir gestanden und genickt! Und weißt du, was ihr größtes Desaster war? Sie war für den Grenzschutz zuständig! Für den Grenzschutz! Und was ist passiert? Die Grenze war ein Scheunentor! Völlig offen! Millionen sind reingekommen!"

Melania blätterte ruhig weiter. "Aber sie ist eine Frau, Donald. Und Amerika war noch nie so dicht davor, eine Präsidentin zu haben wie heute."

Donald lachte höhnisch. "Bitte! Alles, was sie kann, ist bedeutungslos ins Mikrofon zu kichern! Sie hat nichts getan, nichts bewirkt! Nenn mir EINE Sache, die sie geschafft hat!"

Melania überlegte kurz. "Sie hat es geschafft, dass du dich jetzt fünf Minuten über sie aufregst, anstatt deinen Burger zu essen."

Donald sah an sich herunter. In der Aufregung hatte er den Burger tatsächlich aus der Hand gelegt. Er starrte ihn an, dann Melania, dann wieder den Burger. Schließlich brummte er: "Okay, Punkt für sie. Aber Präsidentin wird sie trotzdem nicht!"

Melania nahm noch einen Schluck Tee und lächelte. "Mal sehen, Donald. Mal sehen."

Mar-a-Lago, der goldene Thron Donalds. Draußen tobte ein Sturm – drinnen tobte Donald. Auf dem Fernseher lief Fox News: „Springfield in Angst – Einwandererkrise!"

Melania, die beste Ex-First Lady von allen, betrat den Raum. Sie sah elegant aus, aber leicht verwirrt – eine Ausdruckskombination, die sie perfektioniert hatte.

„Donald, ich habe gerade in den Nachrichten gehört, dass die Einwanderer in Springfield die Haustiere essen?"

Donald nickte energisch. „Ja! Katzen, Hunde – und ich habe gehört, ein Goldfisch wurde vermisst. Das ist schlimm. Really bad!"

Melania sah ihn skeptisch an. „Donald... bist du sicher? Vielleicht sind die Haustiere nur weggelaufen?"

Donald schüttelte den Kopf. „Nein, Melania. Haustiere laufen nicht weg. Haustiere werden weggelaufen!"

Melania überlegte. „Aber... nicht alle Einwanderer sind doch böse?"

Donald hob den Finger. „Natürlich nicht, Melania. Manche sind bestimmt ganz wunderbar. Aber die anderen? Drogendealer! Verbrecher! Vergewaltiger! Ich kenne mich aus."

Melania seufzte. „Und was willst du tun?"

Donald strahlte. „Ich baue eine Mauer! Und zwar die größte, schönste Mauer, die es je gab. Keiner baut Mauern so gut wie ich – niemand! Die Chinesen haben's versucht, aber die haben's übertrieben. Meine wird besser – und mit goldenen Buchstaben drauf: TRUMP WALL!"

Melania hob eine Braue. „Und wer bezahlt das?"

Donald grinste breit. „Mexiko natürlich!"

Melania war perplex. „Mexiko? Aber... wollen die das?"

Donald schüttelte amüsiert den Kopf. „Nein! Aber das ist ja das Geniale. Sie wissen es noch nicht, aber sie werden es wollen!"

Melania runzelte die Stirn. „Und wenn sie doch nicht wollen?"

Donald zwinkerte. „Dann erzähle ich, dass die Mauer eigentlich eine Brücke ist. Nur… auf der Seite von uns geschlossen. Believe me – sie lieben Brücken!"

Melania seufzte. „Du rennst in Gedanken immer im Kreis, Donald. Und jedes Mal baust du unterwegs eine neue Mauer. Irgendwann hast du dich in deinem eigenen Labyrinth eingemauert".

„Melania, du bist einfach genial!" Donald strahlte sie an. „Statt einer Mauer bauen wir einfach ein Labyrinth an die Grenze! Die Migranten verirren sich darin und kommen nie bei uns an. Perfekte Lösung!"

Melania seufzte unhörbar, rollte mit den Augen, drehte sich elegant auf dem Absatz um und verließ wortlos den Raum.

Szene: Mar-a-Lago, goldene Vorhänge, goldene Sessel, goldene Stimmung. Donald Trump sitzt in seinem Sessel – pardon – Thron und blättert zufrieden durch einen Stapel Zeitungen. Melania, die beste Ex-First Lady von allen, sitzt daneben, mit dieser speziellen Mischung aus stoischer Geduld und mildem Entsetzen im Gesicht:

Donald: Melania, Liebling, ich sag's dir, die Christen lieben mich. Vor allem die Evangelikalen! Jesus und ich – wir sind im Prinzip ein Dream-Team.

Melania (skeptisch): Ach ja? Und worin genau besteht diese… Partnerschaft?

Donald: Na, es ist doch offensichtlich. Jesus hat Wunder vollbracht – ich auch!

Melania (zieht eine Braue hoch): Zum Beispiel?

Donald: Jesus hat Dinge getan, die andere nicht verstanden – und sich deshalb gewundert haben. Und was passiert, wenn ich was sage? Alle wundern sich! „Was hat er jetzt wieder gesagt?" Wunder überall!

Melania (trocken): Das ist… eine sehr kreative Auslegung.

Donald: Und dann die Ergänzung: Jesus geht über Wasser – ich geh unter Wasser. Zum Beispiel in den Umfragen, manchmal in den Prozessen – aber immer stilvoll.

Melania: Sehr stilvoll. Immer mit Anwälten.

Donald: Genau! Jesus konnte Wasser in Wein verwandeln – und ich? Ich mach's umgekehrt!

Melania (kopfschüttelnd): Großartig. Du hast den ersten inversen Messias erfunden.

Donald: Und dann: Jesus hat Tote zum Leben erweckt. Fantastisch! Ich? Ich kann's umgekehrt – potenziell. Handelskriege, Klimapolitik – zack, alles tot. Ich nenn das „America First, Earth Last".

Melania (seufzt): Ja, wirklich messianisch. Ein Wunder, dass wir noch leben.

Donald: Aber das Wichtigste: Wir sind beide von Gott erwählt! Denk an das Attentat. Die Kugel – direkt abgelenkt. Wenn das kein Zeichen ist! Gott liebt mich.

Melania (spöttisch): Und was hat Gott gesagt? „Donald, du bist mein geliebter Sohn, an dem ich Wohlgefallen habe"?

Donald: Nicht direkt, aber ich habe das Gefühl, er retweetet mich.

Melania (schüttelt den Kopf): Donald, ich bin mir nicht sicher, ob die Evangelikalen dich als zweiten Messias sehen oder mehr als eine göttliche Prüfung.

Donald (strahlt): Egal, Hauptsache, sie wählen mich!

Melania: Amen.

Donald saß wutentbrannt in seinem Golfsessel in Mar-a-Lago, während Melania, die beste Ex-First Lady von allen, entspannt ihren Smoothie trank.

„Melania! Es ist eine Schande! Eine absolute Schande! Sie haben mich verbannt! Mich! Von Twitter! Von Facebook! Von Instagram! Sogar von Pinterest! Was soll das? Ich bin der beliebteste Präsident aller Zeiten und jetzt darf ich nicht mal mehr Memes von mir selbst posten?"

Melania blätterte in einem Hochglanzmagazin. „Donald, vielleicht solltest du es als Zeichen sehen, dass du etwas weniger Zeit am Handy verbringst."

Donald warf theatralisch die Arme in die Luft. „Das ist ein Angriff auf die Meinungsfreiheit! Die Verfassung garantiert mir das Recht zu twittern! Es steht direkt unter dem Recht, Waffen zu tragen! Ich bin mir sicher, dass es irgendwo im zweiten oder dritten Zusatzartikel steht! Und wenn nicht, dann gehört es da hin!"

Melania seufzte. „Donald, die Verfassung garantiert, dass der Staat dich nicht zensieren darf. Aber Twitter und Facebook gehören nicht dem Staat."

Donald starrte sie an. „Nicht? Ich dachte, ich hätte Twitter erfunden!"

Melania schüttelte den Kopf. „Nein, Donald, du hast nur sehr viel Zeit darauf verbracht."

Donald verschränkte die Arme. „Also schön! Wenn sie mich nicht haben wollen, dann mache ich eben meine eigene Plattform! Eine Plattform, die noch besser ist als Twitter! Ohne Zensur! Ohne Fake-News! Ohne diese schrecklichen Faktenchecks, die immer sagen, dass ich lüge! Ich werde es … Truth Social nennen!"

Melania ließ ein kaum hörbares ‚Mhm' verlauten. „Truth Social? Also eine Plattform für Wahrheit?"

Donald strahlte. „Ganz genau! Wahrheit, wie sie sein sollte! Meine Wahrheit! Keine linken Lügen, keine Fakten, die mich schlecht aussehen lassen! Nur echte amerikanische Meinungsfreiheit!"

Melania nahm einen weiteren Schluck Smoothie. „Donald, das klingt eher nach einem riesigen Fanclub."

Donald nickte eifrig. „Ja! Großartig, oder?! Stell dir vor: Millionen von Leuten, die mir zuhören, mir zustimmen und mich feiern! Ganz ohne diese Fake-News Medien, die immer irgendwas von Gesetzen und Konsequenzen faseln!"

Melania legte das Magazin beiseite. „Und wie willst du das finanzieren?"

Donald winkte ab. „Ganz einfach! Ich lasse meine Fans investieren! Sie lieben mich! Sie zahlen für alles, was meinen Namen trägt! Hotels, Krawatten, sogar eine Bibel mit meinem Gesicht darauf! Glaub mir, Truth Social wird der größte Erfolg der Geschichte!"

Melania lehnte sich zurück. „Und wenn es scheitert?"

Donald schüttelte vehement den Kopf. „Scheitern?! Ich?! Niemals! Und falls doch, dann behaupte ich einfach, dass es gestohlen wurde! Oder dass Biden mich sabotiert hat! Oder dass Ron DeSanctimonious dahintersteckt! Es gibt immer eine Erklärung, Melania!"

Melania seufzte. „Donald, manchmal frage ich mich, ob du wirklich an all das glaubst, was du sagst." Donald grinste. „Natürlich nicht, Melania! Aber die anderen tun es!"

Und so begann die Rettung der Meinungsfreiheit – ganz nach Donalds Vorstellungen.

Zweite Amtszeit

Die Amtsübergabe

Donald saß in seinem goldverzierten Sessel, die Füße entspannt auf einem Tisch, während er eine Diet Coke in der Hand schwenkte. „Melania, das war yuge! Die traditionelle Amtsübergabe im Weißen Haus – ein historischer Moment – und ich habe ihn mit absoluter Brillanz gemeistert! Biden saß mir gegenüber, blass wie ein Geist, wahrscheinlich ahnte er, dass er Geschichte schreiben würde – als der Mann, der mir das Weiße Haus zurückgegeben hat!"

Melania lächelte mitleidig. „Donald, das war keine Ordensverleihung, sondern die übliche Amtsübergabe."

Donald machte ein wichtiges Gesicht. „Ach, Details! Ich war charmant, staatsmännisch, ein echter Leader. Und dann habe ich ihm gesagt: ‚Joe, ich denke über eine dritte Amtszeit nach.' Seine Augen wurden so groß wie Golfbälle! Ich schwöre, er hat eine Sekunde lang überlegt, ob er mir gleich noch die zusätzlichen vier Jahre überreicht."

Melania seufzte. „Donald, du kannst das nicht."

Donald grinste. „Natürlich kann ich das! Ich bin zurück! Das Volk liebt mich! Und wenn ich zweimal gewählt werde, warum nicht dreimal? Roosevelt hatte vier Amtszeiten!"

Melania verschränkte die Arme. „Roosevelt hatte einen Weltkrieg. Was hast du?"

Donald strahlte. „Einen Krieg gegen den Deep State, gegen Fake-News und gegen Windräder!"

Melania stemmte die Hände in die Hüften. „Donald, wir haben eine Verfassung!"

Donald winkte ab. „Die ist alt. Sehr alt. Vielleicht brauchen wir… neue Regeln! ‚Make Term Limits Great Again!'"

Melania verdrehte die Augen. „Donald, weißt du, wer noch dachte, dass Regeln nur für andere gelten?“

Donald grinste. „Lass mich raten – Abraham Lincoln?“

Melania schüttelte den Kopf. „Napoleon.“

Donald leuchtete auf. „Oh, Napoleon! Großartiger Typ. Hatte einen tollen Hut. Vielleicht sollte ich mir auch so einen zulegen!“

Melania sah ihn einen Moment lang schweigend an, dann seufzte sie. „Donald, weißt du, was mit Napoleon passiert ist?“

Donald zuckte die Schultern. „Er wurde Kaiser?“

Melania nickte. „Ja. Und dann haben sie ihn nach Elba verbannt.“

Donald stutzte. Dann nahm er einen Schluck Diet Coke und murmelte: „Hoffentlich hatte Elba wenigstens einen Golfplatz...“

Donald ließ sich ächzend in seinen goldverzierten Sessel im Oval Office fallen. Mit schmerzverzerrtem Gesicht rieb er sich die rechte Hand, dann den Arm, dann die Schulter. „Melania, du glaubst nicht, was für einen furchtbar anstrengenden Job ich habe!"

Melania, die beste First Lady von allen, betrat mit einer Tasse Tee das Büro und betrachtete ihren Gatten skeptisch. „Donald, es ist dein erster Arbeitstag."

„Ja, genau! Und schon der schlimmste meines Lebens!" Er streckte theatralisch den Arm aus. „Meine Hand! Ich kann sie kaum noch bewegen! Ich habe so viele Executive Orders unterschrieben, dass ich fast gelähmt bin. Ich frage mich, ob ich noch Golf spielen kann."

Melania verzog leicht die Lippen. „Executive Orders? Was genau hast du da unterschrieben?"

Donald schnaubte abfällig. „Ach, so vieles! Bestimmt alles super Zeug. Die Leute haben mir die Papiere hingelegt, ich habe unterschrieben. Zack, zack, zack! Ich bin der effizienteste Präsident aller Zeiten!"

„Aber was genau stand da drauf?" fragte Melania mit leicht besorgtem Unterton.

Donald runzelte die Stirn und tippte mit dem gesunden Zeigefinger auf den Schreibtisch. „Na ja, das Übliche. Ich habe den ‚Deep State' aufgelöst, also eigentlich alle Behörden, die mir nicht loyal genug sind. EPA? Weg! Bildungsministerium? Überflüssig! Justizministerium? Braucht eh keiner, wenn alle brav sind. Und das FBI habe ich gleich mit abgeschafft – die haben mich eh immer nur belästigt."

Melania nahm einen vorsichtigen Schluck Tee. „Donald, du hast das FBI abgeschafft?"

„Ja, klar! Die haben mir vor vier Jahren diese Hausdurchsuchung in Mar-a-Lago reingedrückt. Und jetzt? Zack, weg! Wer braucht schon Bundesermittler? Wenn einer etwas Böses tut, wird er einfach von meinen Leuten… äh, sagen wir, höflich zur Ordnung gerufen.“

Melania seufzte und massierte kurz die Nasenwurzel. „Und sonst noch?“

Donald lehnte sich stolz zurück. „Oh, eine ganz tolle Order – ich kann jetzt alle Bundesangestellten persönlich feuern und durch Leute ersetzen, die mich mögen. Leute, die mich nicht mögen, sind schlechte Leute, das weiß jeder. Und dann habe ich auch noch die Wehrpflicht wieder eingeführt, aber nur für liberale College-Studenten – damit sie Disziplin lernen. Großartige Idee, oder?“

Melania war bleich geworden. „Donald, das klingt… ein bisschen extrem. Warum unterzeichnest du so viele Executive Orders an einem Tag?“

„Extrem großartig! Ich bringe Ordnung ins Chaos, Baby! Flood the Zone, wir überschwemmen unsere Gegner mit allem möglichen Zeug, dann kommen die Fake-News-Medien und die Gerichte gar nicht mehr hinterher… ach ja und dann war da noch irgendwas mit Kalifornien und Elon Musk.“

Melania riss die Augen auf. „Moment mal. Was genau mit Kalifornien und Elon Musk?“

Donald kratzte sich am Kinn. „Na ja, Elon meinte, Kalifornien sei eh eine Katastrophe mit all diesen Demokraten. Und ich sagte: ‚Warum übernimmst du es nicht einfach?‘ Und zack, Executive Order. Jetzt gehört Kalifornien Elon! Ich glaube, er will es ‚Muskifornia‘ nennen oder so.“

Melania setzte ihre Tasse ab. „Donald, du kannst nicht einfach einen ganzen Bundesstaat verschenken!“

Donald zuckte mit den Schultern. „Wieso nicht? Ich bin der Präsident, ich mache die besten Deals! Und ehrlich gesagt – Kalifornien hat sowieso nicht für mich gestimmt."

Melania rang nach Atem. „Donald, hast du wenigstens irgendwas unterschrieben, das Amerika wirklich hilft?"

Donald grinste. „Natürlich! Ich habe mich für die nächsten 100 Jahre von der Steuer befreit! Komplett legal, übrigens! Irgendwo auf Seite 17 von einer der Executive Orders. Mein Team hat das fantastisch vorbereitet."

Melania schüttelte den Kopf. Es würde eine sehr anstrengende zweite Amtszeit werden.

Donald thronte, wie es sich gehörte, auf seiner liebsten Couch – die er „Oval Office Süd" nannte, als Melania, die beste First Lady von allen, den Raum betrat. Er hatte diesen Gesichtsausdruck, den er immer aufsetzte, wenn er sich selbst für besonders genial hielt. Also eigentlich immer.

„Melania!" rief er triumphierend, „Ich habe gerade Panama gerettet!"

Melania musterte Donald mit einem skeptischen Blick. „Panama? Hast du etwa eine Bananenplantage gekauft?"

„Nein, nein, viel besser!" prahlte Donald und wedelte mit den Händen, als würde er eine unsichtbare Weltkarte umdekorieren. „Ich habe ihnen klar gemacht, dass der Panamakanal uns gehört. Schließlich haben wir ihn gebaut! Und wenn sie weiter so viele chinesische Schiffe durchlassen, dann… dann gibt's Ärger!"

Melania setzte sich langsam auf einen Sessel und sah ihn an, als wollte sie herausfinden, ob seine Frisur oder seine Logik verrückter war. „Aber… den Kanal haben wir doch vor Jahrzehnten an Panama zurückgegeben, oder?"

Donald winkte ab. „Pah! Geschenkt! Und weißt du, was man mit Geschenken macht, die einem nicht mehr gefallen? Man nimmt sie zurück! Das nennt man Rücknahmerecht."

„Donald, das ist ein Land, kein Amazon-Paket."

Doch Donald ließ sich nicht beirren. „Ich habe einfach gesagt: ‚Hört mal, Panama, wenn ihr weiter mit den Chinesen Händchen haltet, schicke ich euch ein paar Marines zum Tee trinken vorbei.' Und was ist passiert?"

Er lehnte sich zurück und grinste selbstzufrieden. „Der Präsident von Panama ist fast vom Stuhl gefallen! Er hat gesagt: ‚No, Señor Trump! Alles gut! Keine Chinesen mehr!' Ich hab ihm klar gemacht: Amerika First – und Panama Second. Und rate mal, wer gewonnen hat?"

Melania sah ihn einen Moment an, dann zog sie langsam die Mundwinkel nach oben. „Also… du hast den Chinesen eins ausgewischt, den Panamakanal quasi zurückerobert und niemand musste dafür sterben?"

Donald strahlte. „Genau! Großartig, oder?"

Melania, sonst Meisterin des diplomatischen Schweigens, klatschte tatsächlich einmal in die Hände. „Donald, ich muss zugeben, das ist… beeindruckend!"

Donald blähte sich vor Stolz auf wie ein Pfau mit Goldlametta. „Siehst du? Ich bin halt ein geniales Genie! Ich hab's einfach drauf! Ich bin der größte Dealmaker aller Zeiten! Die Chinesen? Ha! Weggebügelt. Die Panamesen? Zittern vor Respekt. Ich bin praktisch der Kolumbus des 21. Jahrhunderts – nur ohne Umwege!"

Melania lächelte sanft, doch in ihren Augen blitzte der Anflug von Müdigkeit. „Ja, Donald. Du bist einfach... unglaublich."

„Ich weiß!" rief er und begann, in Siegerpose durchs Zimmer zu marschieren. „Vielleicht nenne ich den Kanal bald Trump-Kanal. Klingt gut, oder? Oder wie wäre es mit Panama Make America Canal Again?"

Melania schüttelte kaum merklich den Kopf und murmelte: „Liebling, manchmal bist du wirklich wie ein Kanal – lang, laut und voller Schiffe… aber am Ende fließt alles ins Meer der Übertreibungen."

Doch Donald hörte sie nicht mehr. Er war längst damit beschäftigt, seinen nächsten Tweet zu formulieren:

„Breaking: Panama back in business with the US. China? Sorry, losers! #TrumpCanal #Winning #MAGA"

Und Melania? Sie lehnte sich zurück, lächelte leicht und dachte: „Na ja, Hauptsache, er hält sich für den Kapitän – auch wenn das Schiff längst von der Strömung geführt wird."

Im Oval Office herrschte eine seltene Stille. Donald durchbrach sie mit einem triumphierenden Grinsen – und rieb sich zufrieden die Hände. „Melania! Ich hab's! Das wird yuge!"

Melania, die beste First Lady von allen, hatte gerade den Raum betreten und war mental bereits auf das Schlimmste vorbereitet. „Donald… was wird jetzt wieder yuge?"

Donald grinste breit, als hätte er gerade die Weltformel entdeckt. „Grönland! Ich kauf's! Stell dir vor: Trump Tower Arctic Edition! Und Eis – überall Eis. Kostenlos! Das ist besser als jeder Kühlschrank-Deal."

Melania blinzelte langsam, wie jemand, der gerade ein schlechtes Fischbrötchen verdaut. „Grönland. Du willst… Grönland kaufen?"

Donald nickte eifrig. „Ja! Ein Riesen-Immobilien-Deal. Eis, Öl, Seltene Erden und… bestimmt noch mehr Eis! Ein echtes Schnäppchen. Aber diese Dänen, pah! Die haben gesagt: ‚Nicht zu verkaufen!' – So unhöflich! Aber ich lasse mich nicht stoppen. Jetzt kommt Plan B."

Melania seufzte. „Und was ist Plan B?"

Donald strahlte. „Ich habe Don Junior hingeschickt! Er soll die Grönländer überzeugen, dass Amerika besser ist. Und er macht das brillant! Hat ein paar Grönländer zum Essen eingeladen – Hot Dogs, Burger, Bud Light. Und dann ein schönes Video gedreht: ‚We love America! We wanna be a part of the USA!'"

Melania tat erstaunt. „Und die Grönländer haben das wirklich gesagt?"

Donald grinste noch breiter. „Naja… sie haben genickt. Also… einige. Gut, es war kurz nach der dritten Runde Bud Light. Aber hey – Zustimmung ist Zustimmung!"

Melania schüttelte den Kopf. „Donald, Grönland ist… kalt. Eisig. Du hasst doch Kälte. Und ich auch! Ich kann nicht mal Flip-Flops tragen, ohne Erfrierungen zu kriegen. Keine Strände, keine Palmen – nur Eis, Robben und… Pinguine!"

Donald schaute sie fragend an. „Pinguine? Ach, egal! Hauptsache, ein riesiges Grundstück für Golfplätze. Eis-Golf, Melania! Stell es dir vor: Wenn der Ball auf dem Eis rutscht – hole-in-one!"

Melania sah ihn an, als hätte er vorgeschlagen, den Mond zu bepflastern. „Und wenn die Grönländer… nein sagen?"

Donald zwinkerte. „Dann sage ich: Fake-News! Und wenn Dänemark und die EU rumjammern, schicke ich ihnen einen Tweet: ‚Sorry, but America First!' Und zack – Problem gelöst."

Melania verschränkte die Arme. „Donald… ich sage es nur ungern, aber ich glaube, die Grönländer mögen ihr Land so, wie es ist."

Donald fuchtelte theatralisch. „Aber… warum? Es ist KALT! Sie könnten heißes, amerikanisches Fernsehen haben. Reality-Shows! McDonald's an jeder Ecke! Und… Freedom!"

Melania sah ihn kühl an. „Donald, ich bin ja für viel Blödsinn zu haben, aber frieren – für eine Eis-Golfbahn? Ich bleib lieber in Florida. Da ist es warm. Und die Alligatoren sind harmloser als die EU-Diplomaten."

Donald überlegte kurz, dann rief er laut: „Alexa! Wie baue ich einen tropischen Strand in Grönland?"

Doch Alexa antwortete nicht. Wahrscheinlich war sie vor Verzweiflung abgestürzt.

Und so saß Donald, der größte Dealmaker der Welt, da – mit einem eisigen Traum und der besten First Lady von allen, die wusste, dass manche Deals nicht mit Bud Light und Burgern zu gewinnen waren.

DER 51. BUNDESSTAAT

Das goldene Wohnzimmer im Trump Tower. Donald saß breit grinsend auf dem Sofa, eine Landkarte Nordamerikas auf dem Tisch vor ihm. „Melania! Ich habe die beste Idee aller Zeiten!"

Melania, die beste First Lady von allen, kam neugierig näher. „Donald… was planst du diesmal?"

Donald tippte triumphierend auf die Karte. „Kanada!"

Melania schaute Donald irritiert an. „Kanada?"

Donald nickte eifrig. „Ja! Ich mache Kanada zum 51. Bundesstaat!"

Melania musterte ihn skeptisch. „Und… was sagt Kanada dazu?"

Donald schnaubte abfällig. „Ach, Kanada… die sind doch so höflich. Die sagen immer: Sorry! Wenn wir kommen, sagen sie sicher: Sorry, dass wir noch nicht beigetreten sind!"

Melania runzelte die Stirn. „Donald, die wollen doch gar nicht…"

Donald unterbrach: „Wieso nicht? Wir bringen ihnen doch das Beste: Freedom, Fast Food und Football!"

Melania verschränkte die Arme. „Und was passiert mit ihrem Premierminister? Wie heißt er gleich… Justin?"

Donald verzog das Gesicht. „Trudeau! Dieser Schönling! Aber keine Sorge, ich geb ihm einen Job – vielleicht Minister of Apologies. Die können das ja gut."

Melania sah ihn streng an. „Donald… hast du bedacht, dass die Kanadier dich vielleicht… nicht mögen?"

Donald blinzelte. „Warum denn nicht? Ich mag doch ihre Sachen! Ahornsirup! Poutine! Und diesen… wie heißt er… Justin Bieber!"

Melania stöhnte. „Donald, Kanada ist ein eigenes Land. Die sind… anders."

Donald grinste. „Ich weiß! Die sagen komische Sachen – 'aboot' statt 'about'. Aber keine Sorge, ich bringe ihnen American English bei. Bald sagen sie 'howdy' statt 'eh'!"

Melania tippte sich an die Stirn. „Donald… und wenn die nein sagen?"

Donald strahlte. „Dann bau ich eine Mauer! Und Kanada zahlt dafür!"

Melania schüttelte langsam den Kopf. „Donald… du machst mich wahnsinnig."

Donald grinste breit. „Ich weiß. Das passiert, weil du mit einem Genie verheiratet bist."

Donald stand in seinem Wohnzimmer – das er liebevoll West Wing Florida nannte – und hielt eine improvisierte Pressekonferenz. Die Presse bestand aus Melania, der besten First Lady von allen und einem goldgerahmten Spiegel, in dem er sich selbst bewunderte.

„Melania!" begann er mit seiner typischen Mischung aus Selbstlob und Weltrettungspathos, „Ich habe den Plan des Jahrhunderts. Nein, der Jahrtausende! Ich werde den Gazastreifen übernehmen."

Melania schaute ihn an, als hätte er gerade verkündet, er wolle den Mond kaufen. „Den… Gazastreifen?"

Donald nickte energisch. „Ja! Dieser Sandkasten am Mittelmeer. Bisher völlig verschwendet. Aber ich werde ihn in ein Paradies verwandeln – ein Eldorado für Milliardäre. Golfplätze, Luxushotels, Casinos. Die Riviera des Nahen Ostens – nur ohne Wüste. Und das Beste: Mein Schwiegersohn Jared managt das Ganze. Niemand kennt den Nahen Osten besser als Jared. Er war ja mal… dort."

Melania betrachtete ihn mit diesem speziellen Blick, den man bekommt, wenn man eine Katze dabei erwischt, wie sie versucht, einen Goldfisch zu föhnen. „Donald… und was ist mit den Menschen, die dort leben?"

Donald winkte ab. „Die? Ach, die kommen woanders hin. Ich hab's gelöst: Jordanien und Ägypten nehmen sie auf. Problem gelöst. Ziemlich genial, oder?"

Melania hob die Augenbrauen. „Aha. Und wenn Jordanien und Ägypten das nicht wollen?"

Donald blinzelte, als hätte sie gerade einen Satz auf Chinesisch gesagt. „Wie – nicht wollen? Ich meine, ich bin Donald Trump. Wenn ich was will, wollen es die anderen auch. Das nennt man Diplomatie."

„Und wenn die Menschen im Gazastreifen… nicht gehen wollen?" bohrte Melania weiter, die sich langsam wie eine Lehrerin fühlte, die einem Schüler erklären musste, warum 2 + 2 nicht 5 ergibt.

Donald zuckte mit den Schultern. „Dann erkläre ich ihnen den Deal. Business-Style. 'Hört zu, Leute! Ihr könnt jetzt gehen – oder später. Aber am Ende… geht ihr.'" Er grinste selbstgefällig. „Das ist Win-Win: Wir gewinnen und… na ja… wir gewinnen."

Melania seufzte. „Donald, das klingt… kompliziert. Hast du denn mit jemandem vorher darüber gesprochen?"

Donald fuchtelte mit den Händen. „Natürlich! Mit Jared! Und er hat gesagt: ‚Brilliant, Dad.' Und Jared hat Ahnung! Immerhin hat er unsere Immobilien in Manhattan fast komplett… äh, verwaltet."

Melania lächelte dünn. „Ich meine… hast du vielleicht mit… Ägypten oder Jordanien oder den Menschen dort gesprochen?"

Donald sah sie an, als hätte sie gerade ein Konzept wie Steuern oder Fakten erwähnt – also etwas zutiefst Unangenehmes. „Ach, Melania… du bist immer so niedlich. Reden ist für Verlierer. Ich werde das tweeten, auf Truth Social. Und dann werden sie schon verstehen."

Melania verschränkte die Arme. „Donald, hast du jemals daran gedacht, dass manche Orte nicht nur für Milliardäre, Casinos und Golfplätze da sind?"

Donald legte den Kopf schief. „Warum sollten sie das nicht sein? Ich meine… was wäre Florida ohne Milliardäre, Casinos und Golfplätze? Eben."

Melania seufzte tief. „Weißt du, Donald, du erinnerst mich manchmal an einen Bulldozer, der durch einen Porzellanladen fährt – und sich wundert, warum alle schreien."

Donald strahlte. „Danke, Schatz! Bulldozer – stark, unaufhaltsam, großartig!"

Melania lächelte müde und wollte noch etwas sagen, aber Donald hörte sie längst nicht mehr. Er war schon dabei, seinen nächsten Tweet zu formulieren:

„Gaza = The new Monaco! Bye-bye Problems, hello Paradise! Thanks, me. #TrumpEldorado #MAGA #GolfIsLife"

Und so verließ Donald die Bühne seines eigenen Plans – ein Mann, der niemals über Hindernisse stolperte, weil er nie merkte, dass es sie gab. Und Melania? Sie blieb zurück, die beste First Lady von allen – und die einzige Opposition, die er je ernsthaft unterschätzte.

DONALD UND DIE ZÖLLE

Donald residierte im Oval Office, die Füße auf den legendären Resolute Desk gelegt und betrachtete voller Zufriedenheit einen Ausdruck mit dicken, roten Zahlen. Es war sein neuester Plan zur Rettung der amerikanischen Wirtschaft. Neben ihm blätterte Melania in einer Modezeitschrift und wartete routiniert darauf, dass ihr Ehemann seine unübertroffenen Weisheiten verkündete.

„Melania, ich habe es! Ich werde die Wirtschaft auf das größte, stärkste, schönste Niveau aller Zeiten bringen! Und weißt du, wie?"

Melania blätterte gelangweilt um. „Lass mich raten, Donald… Du baust einen neuen Trump Tower?"

Donald fuchtelte mit beiden Händen in der Luft. „Nein, nein, nein! Noch besser! Ich werde Zölle einführen! Richtig hohe Zölle! Auf alles, was aus Mexiko, Kanada, China und Europa kommt! BOOM! Schon ist die amerikanische Wirtschaft gerettet!"

Melania legte ihr Magazin langsam beiseite und betrachtete ihn mit skeptisch erhobener Augenbraue. „Donald, führende Wirtschaftswissenschaftler sagen, dass Zölle eine schlechte Idee sind."

Donald schüttelte vehement den Kopf. „FALSCH! Absolut falsch! Diese sogenannten ‚Wissenschaftler' haben doch keine Ahnung! Sie haben auch gesagt, dass ich die Wahl 2024 nicht gewinnen werde – und sieh mich an! Hier bin ich, größer denn je!"

Melania atmete einmal tief durch. „Donald, ein Handelskrieg mit unseren wichtigsten Partnern – Europa, Kanada, Mexiko – ist keine gute Idee. Die sind unsere Freunde."

„Freunde? Freunde?!" Donald lachte laut. „Melania, Freunde machen keine schlechten Deals! Freunde lassen sich von mir ausnehmen – äh, ich meine, sie profitieren von meinem Genie! Schau mal: Kanada, die verkaufen uns Holz und Milchprodukte, aber zu völlig unfairen Preisen! Unfair, Melania! Und Mexiko? Die schicken uns Avocados, aber wollen meine Mauer nicht bezahlen! Und Europa – die verkaufen uns ihre schrecklichen Autos! Ich meine, hast du jemals eine Mercedes-Werbung gesehen, in der jemand wirklich glücklich aussieht? Nein! Total unamerikanisch!"

Melania seufzte. „Donald, wenn du Zölle erhebst, dann werden die Preise für amerikanische Verbraucher steigen. Es sind die Amerikaner, die die höheren Kosten zahlen müssen, nicht die anderen Länder."

Donald winkte ab. „Falsch! Komplett falsch! Ich habe das genau durchgerechnet! Es sind die Chinesen, die zahlen! Und die Europäer! Und die Mexikaner! Amerika gewinnt IMMER!"

Melania zog skeptisch die Stirn in Falten. „Donald, wenn du eine Steuer auf Waren erhebst, die Amerikaner kaufen, dann… nun ja… zahlen die Amerikaner mehr."

Donald machte eine wegwerfende Geste. „Kleine Details! Ich meine, was wissen diese sogenannten ‚Ökonomen' schon? Ich bin ein Genie, Melania! Ein absolutes Genie! Ich habe The Art of the Deal geschrieben!"

„Mit einem Ghostwriter…" murmelte Melania.

„Egal! Ich sage dir, die Zölle werden Amerika retten. Die Leute werden plötzlich NUR noch amerikanische Produkte kaufen! Keine deutschen Autos, keine kanadische Milch, keinen chinesischen Elektroschrott! Nur noch wunderbare, wunderschöne, perfekte amerikanische Produkte!"

„Und was ist mit Avocados?" fragte Melania.

Donald blinzelte. „Was?"

„Avocados, Donald. Du weißt schon, für Guacamole."

Donald überlegte kurz. „Nun… das ist natürlich ein Spezialfall… Vielleicht können wir eine Ausnahme für Avocados machen. Und für Tequila. Aber ansonsten: HARTE ZÖLLE! Die härtesten Zölle, die je existiert haben!“

Melania stand auf, strich ihr Kleid glatt und schüttelte den Kopf. „Donald, ich glaube, du hast absolut keine Ahnung, wie Handel funktioniert.“

Donald grinste. „Und genau das macht mich so erfolgreich! Weil alle anderen es falsch machen! Aber keine Sorge, Melania – mit meinen Zöllen wird Amerika wieder großartig. Die Leute werden es lieben!“

Melania seufzte, nahm ihr Magazin und ging Richtung Tür. „Ja, Donald. Sie werden es lieben. Vor allem, wenn sie feststellen, dass ihr Kaffee, ihr Auto und ihr Fernseher doppelt so teuer geworden sind.“

Donald winkte ihr fröhlich hinterher. „Aber das ist doch egal, Melania! Weil ICH gewinne! Und wenn ich gewinne, gewinnt Amerika!“

Und während Melania nachdenklich Richtung Spa-Bereich des Weißen Hauses schlenderte, lehnte sich Donald zufrieden in seinem Sessel zurück, betrachtete erneut seine Zollliste und wartete darauf, dass die Welt endlich verstand, was für ein Genie er war.

Donald hatte es sich breit grinsend in seiner Penthouse-Wohnung im Trump Tower gemütlich gemacht, eine Tüte Popcorn auf dem Couchtisch, während auf dem Fernseher die Wiederholung des Super Bowl lief. „Melania, hast du das gesehen? Hast du es gesehen? Ich war der Star der Show! Die Leute haben mich gefeiert wie den Messias!"

Melania, die beste First Lady von allen, blätterte in einer Modezeitschrift und sah nur kurz auf. „Donald, es war der Super Bowl. Die Leute waren dort für das Spiel."

Donald winkte ab. „Ach was! Die Leute waren da, um MICH zu sehen! Ich bin raus auf die Tribüne – BOOM - Standing Ovations! Das Stadion hat getobt! ‚U-S-A! U-S-A! U-S-A!' – es war gigantisch! Ich habe noch nie so viele glückliche Menschen gesehen!"

Melania presste ihre Lippen ganz leicht zusammen. „Donald, du siehst ständig glückliche Menschen. Vor allem, wenn sie dich nicht sehen."

Donald ignorierte sie und wedelte mit der Hand. „Aber weißt du, wer ausgebuht wurde? Taylor Swift! Ha! Die links-woke Taylor Swift! Die Leute haben sie ausgebuht, Melania! Es war wunderschön. Eine Symphonie der Demokratie!"

Melania seufzte. „Donald, Taylor Swift macht doch gute Musik. Viele Leute mögen sie."

Donald sprang auf. „Melania, du verstehst es nicht! Diese Frau ist eine Gefahr für Amerika! Sie hat im Wahlkampf Biden unterstützt! Sie manipuliert Millionen von dummen jungen Menschen mit ihren Liebeskummer-Songs! Und dann datet sie auch noch diesen Football-Typen, Travis… was auch immer. Ein abgekartetes Spiel! Fake-Love! Ein PR-Stunt! Sie wollten mich sabotieren, Melania!"

Melania schüttelte den Kopf. „Donald, sie ist eine Sängerin. Sie singt über Liebe. Du singst nur über dich selbst."

Donald winkte ab. „Ach, diese ganzen kleinen Mädchen, die ihr hinterherlaufen – die wissen doch nichts! Ich wette, wenn ich einen Song herausbringe, wird der sofort Nummer Eins! Stell dir das vor: Make America Great Again – The Musical! Ich könnte das! Ich bin ein Naturtalent! Und glaub mir, Melania, mein Publikum würde nicht nur kreischen – sie würden mir zu Füßen liegen!"

Melania sah ihn an, als hätte er gerade gesagt, er wolle zum Mond fliegen. „Donald, wenn du singst, schmelzen die Polkappen schneller."

Donald schnaubte. „Pah! Ich brauche nicht zu singen! Die Leute lieben mich auch so. Der Super Bowl hat es gezeigt: Ich bin größer als Football. Größer als Swift. Größer als Amerika! Und weißt du, was das Beste ist? Taylor Swift kann so viele Liebeslieder schreiben, wie sie will – am Ende wird sie trotzdem mein Gesicht auf jeder Banknote sehen!"

Melania seufzte. „Donald, manchmal denke ich, dein Ego ist das achte Weltwunder."

Donald grinste und nahm eine Handvoll Popcorn. „Danke, Melania! Das nehme ich als Kompliment!"

Das Oval Office erstrahlte in Gold und Glanz – typisch Donald. Er residierte hinter dem Schreibtisch und lächelte selbstzufrieden. Heute hatte er ganze drei Probleme auf einmal gelöst.

Gerade betrat Melania, die beste First Lady von allen, den Raum. Sie sah wie immer makellos aus – aber ihre Augenbraue war bereits besorgt erhoben.

„Donald, ich habe gehört, du hast heute Großes getan?" fragte sie vorsichtig.

Donald strahlte. „Oh ja! Ich habe die USA gerettet. Dreifach!"

Melania verschränkte die Arme und zog die Stirn in Falten. „Und wie genau?"

Donald reckte stolz die Brust. „Ganz einfach! Erstens: USAID? Weg! Warum sollen wir anderen helfen? Ich sage: America First! And Second. And Third."

Melania sah ihn verstört an. „Aber… USAID hilft armen Kindern in Afrika!"

Donald winkte ab. „Sollen die doch Elon Musk fragen. Der hat das Geld. Aber Vorsicht – er nimmt ihnen wahrscheinlich ihr Essen weg und verkauft es als Tesla-Lunch-Subscription."

Melania sah ihn entsetzt an. „Donald! Du kannst den Ärmsten doch nicht das Essen wegnehmen!"

Donald grinste. „Warum nicht? Elon macht das mit einem App-Update. Nennt es Hunger 2.0 – jetzt mit mehr Realität!"

Melania schüttelte verstört den Kopf. „Und was noch?"

Donald setzte sein Gewinnerlächeln auf. „Zweitens: WHO? Raus! Diese Gesundheitsheinis haben doch keine Ahnung. Die sagen immer nur: 'Don't drink bleach'. Wozu dann Mitglied sein?"

Melania verdrehte die Augen. „Donald... das war DEINE Idee – um Corona zu besiegen!"

Donald winkte großzügig ab. „Details, Melania, Details. Außerdem: Wer braucht die WHO, wenn wir die Dr.-ElonMediCare-App haben? Diagnose in 5 Sekunden."

Melania seufzte tief. „Und was war das Dritte?"

Donald breitete die Arme aus. „Das Pariser Klimaabkommen! Gekündigt. Auf Nimmerwiedersehen, Baguette-Heuchler!"

Melania schüttelte entsetzt den Kopf. „Donald! Das ist schlecht fürs Klima!"

Donald lachte. „Klimawandel? Elon sagt, wir können doch zur Not auf den Mars umsiedeln. Dort ist's immer trocken – kein Regen, keine Greta, perfekt!"

Melania funkelte ihn an. „Donald! Bist du noch bei Verstand?! Was hast du dir dabei gedacht?"

Donald zögerte kurz, dann strahlte er charmant: „Na ja... also... ich habe gedacht, dass wir... ähm... ein schönes gemeinsames Wochenende in Mar-a-Lago verbringen?"

Melania verschränkte die Arme. „Vergiss es."

Donald legte nach: „Oder... ich lasse Elon einen Melania-Tower bauen. Ganz groß, ganz golden. Und du darfst entscheiden wo: auf dem Mars oder in Miami?"

Melania sah ihn scharf an. „Donald... du machst mich wahnsinnig."

Donald grinste breit. „Ich weiß – wahnsinnig glücklich."

Donald stolzierte in seinem Büro im Weißen Haus auf und ab, sein Smartphone in der Hand. Er schnaubte empört. „Melania, das ist eine absolute Unverschämtheit! Eine Schande! Eine Hexenjagd!"

Melania, die beste First Lady von allen, blätterte gelassen in einer Modezeitschrift. „Was ist diesmal passiert, Donald?"

„Die Fake-News-Medien behaupten, dass Elon Musk eine Gefahr für die nationale Sicherheit ist! Elon Musk! Mein Freund Elon! Das Genie, das Tesla, Raketen und diesen großartigen Tunnel erfunden hat!"

Melania legte die Zeitschrift zur Seite. „Und warum sagen sie das?"

Donald wedelte aufgeregt mit dem Handy. „Ach, das übliche linke Geschwätz! Sie sagen, er würde sich in Regierungsangelegenheiten einmischen, Behörden auflösen, Generäle feuern wollen und in die Geheimdienste hineinschnüffeln. Dabei ist er einfach nur ein brillanter Optimierer und Geschäftsmann!"

Melania schüttelte den Kopf. „Ein brillanter Geschäftsmann, der ganz zufällig das Starlink-Netzwerk kontrolliert, private Satelliten für militärische Zwecke vermietet und entscheidet, ob er den US-Streitkräften Internet im Kriegsgebiet gibt oder nicht."

Donald winkte ab. „Details, Melania, Details! Sie sagen auch, dass er eine eigene Agenda verfolgt. Aber was soll daran falsch sein? Ich habe auch eine eigene Agenda. Und meine Agenda ist fantastisch!"

Melania seufzte. „Donald, du hast doch immer ‚America First' gesagt. Wie passt das mit einem Tech-Milliardär zusammen, der internationale Geschäftsinteressen hat und sich selbst für einen globalen Visionär hält?"

Donald grinste. „Ganz einfach, Melania! Elon ist ein Gewinner! Gewinner lieben andere Gewinner. Deshalb verstehen wir uns so gut."

Melania schüttelte den Kopf. „Donald, Elon Musk ist kein Politiker. Er ist ein Unternehmer mit Interessen in China, Europa und sogar im Weltall. Denkst du wirklich, dass er immer für die USA handeln wird?“

Donald überlegte kurz. „Nun ja, solange er Steuern spart, Arbeitsplätze ins Ausland verlagert und Regierungsgelder für Raketen und KI bekommt – warum nicht?“

Melania lehnte sich zurück. „Also wäre es für dich in Ordnung, wenn er Geheimdienstinformationen nutzt, um seine eigenen Interessen durchzusetzen?“

Donald lachte. „Melania, wenn jemand Geheimdienstinformationen benutzt, nennt man das Führung!“

Melania nahm einen tiefen Atemzug. „Ich frage mich nur, Donald, was passiert, wenn Elon eines Tages entscheidet, dass seine eigene Version von ‚America First‘ nicht unbedingt deine ist?“

Donald blieb stehen. „Nun, dann werde ich… äh…“ Er runzelte die Stirn.

Melania nippte an ihrem Tee. „Ja, genau das ist mein Punkt.“

Donald starrte sie an. Dann brummte er: „Vielleicht sollte ich doch mal mit Elon sprechen. Ein richtig guter Deal regelt sowas.“

Melania lächelte. „Und wer sagt dir, dass Elon nicht längst seinen eigenen Deal gemacht hat?“

Donald saß in seinem Lieblingssessel im Oval Office, die Füße auf dem Schreibtisch, das Handy in der Hand. „Melania, hast du es gehört? Elon macht's genau richtig! Dieser Mann ist ein Genie, ein echtes Genie, fast so genial wie ich!"

Melania, die beste First Lady von allen, schlug die Arme vor der Brust zusammen. „Donald, worüber redest du?"

Donald winkte aufgeregt mit dem Handy. „Elon! Sein neuestes Projekt! Seine Behörde DOGE! Er schmeißt zehntausende Bundesbeamte raus – einfach weg mit denen, BOOM! Das ist doch fantastisch! So sparen wir Milliarden an Steuergeldern, die wir in seine KI-Projekte stecken können. Und Künstliche Intelligenz ist großartig. Die wird alles besser machen!"

Melania verzog nur ganz leicht den Mund, normalerweise ein untrügliches Zeichen ihrer Skepsis. „Donald, du meinst, Elon feuert Menschen und ersetzt sie durch Maschinen?"

Donald lachte. „Ja! Ist doch genial! Keine Gewerkschaften, keine Rentenansprüche, keine Krankheitskosten – nur pure, effiziente KI! So wie ich es immer gesagt habe: Regierung muss laufen wie ein Unternehmen!"

Melania schüttelte den Kopf. „Donald, du weißt nicht mal, wie dein eigenes Unternehmen funktioniert."

Donald tat, als hätte er es nicht gehört. „Elon macht das super. Er hat alle möglichen überflüssigen Bürokraten gefeuert. Steuerleute, Umweltprüfer, sogar diese Leute, die ständig Sicherheitsvorschriften machen. Alles unnötig! Jetzt kann das Geld in SpaceX, Neuralink, xAI und all diese schlauen Sachen fließen. Ich meine, wer braucht schon Beamte, wenn man Elon hat?"

Melania verdrehte die Augen. „Donald, Elons junge Genies haben auch Nuklearexperten entlassen!"

Donald blinzelte. „Nuklearexperten?"

„Ja!" Melania stemmte die Hände in die Hüften. „Die Leute, die für die Inspektion und Wartung der Atomwaffen zuständig sind!"

Donald winkte ab. „Ach was, die Bomben liegen doch nur rum. Die brauchen keine Wartung. Das sind doch keine Autos!"

Melania unterdrückte nur mit Mühe einen verzweifelten Seufzer. „Donald, diese Leute sind wichtig. Und jetzt sind sie weg – und keiner weiß, wie man sie zurückbekommt!"

Donald runzelte die Stirn. „Wieso? Einfach anrufen und sagen, dass sie wiederkommen sollen!"

Melania schüttelte den Kopf. „Man hat ihre privaten Telefonnummern nicht. Oder ihre E-Mails. Sie sind einfach… weg."

Donald starrte sie an. „Moment mal. Du sagst also, dass keiner mehr weiß, wie man die Nuklearwaffen überprüft?"

Melania nickte.

Donald lehnte sich zurück, trommelte mit den Fingern auf den Tisch und sagte schließlich: „Okay. Aber die KI kann das sicher regeln, oder?"

Melania verzog das Gesicht. „Donald… die KI kann keine Atomsprengköpfe überprüfen."

Donald dachte kurz nach. Dann strahlte er. „Aber sie kann es lernen! Ich rufe Elon an, er soll seine KI mit der Nuklearwartung beauftragen. Ich meine, wenn ein Tesla sich selbst fahren kann, kann eine KI doch wohl einen kleinen Sprengkopf inspizieren! Oder?"

Melania wurde blass. „Donald…"

Doch er war schon am Telefon. „Elon! Mein Bester! Ich habe da eine brillante Idee…"

Donald saß im Oval Office, die Füße wie üblich auf dem Resolute Desk und kritzelte mit einem dicken goldenen Marker auf einer Landkarte der Vereinigten Staaten herum. Neben ihm saß Melania, die beste First Lady von allen und scrollte auf ihrem Handy durch die neuesten Modekollektionen.

„Melania, ich habe es! Die Lösung für all unsere Probleme! Washington D.C. ist erledigt! Völlig kaputt! Korrupt! Eine Katastrophe!"

Melania hob nicht einmal den Blick. „Und was willst du dagegen tun, Donald?"

Donald grinste breit. „Wir brauchen eine neue Hauptstadt! Eine, die meinen Namen trägt! Ich präsentiere: Trump City!"

Melania sah langsam auf. „Trump City."

„Ja! Stell es dir vor! Glänzende goldene Wolkenkratzer! Ein Weißes Haus – nein, ein Goldenes Haus! Straßen, benannt nach mir: Trump Avenue, Trump Boulevard, Trump Plaza! Keine Versager mehr wie in Washington. Nur Gewinner! Und ich bin natürlich Bürgermeister auf Lebenszeit!"

Melania seufzte. „Donald, du bist Präsident. Warum willst du auch noch Bürgermeister sein?"

Donald lehnte sich triumphierend zurück. „Melania, denk mal nach! Ich kann mich nicht selbst zum ewigen Präsidenten machen – die Fake-News-Medien würden durchdrehen! Aber ein Bürgermeister auf Lebenszeit? DAS geht! Niemand verbietet das!"

Melania ging tapfer auf seine Vision ein. „Und wo genau soll Trump City sein?"

Donald deutete mit seinem Marker auf eine Stelle in Texas. „Hier! Oder Florida! Oder noch besser – auf einem Golfplatz von mir! Es gibt nichts Amerikanischeres als eine Hauptstadt auf einem Trump-Golfplatz!“

Melania nahm tief Luft. „Donald, du kannst doch nicht einfach einen Golfplatz zur Hauptstadt machen.“

„Warum nicht? Washington D.C. war früher auch nur ein Sumpf! Und schau es dir jetzt an – immer noch ein Sumpf! Trump City wäre anders: die sauberste, sicherste, schönste Stadt Amerikas. Natürlich mit Trump Tower als Regierungssitz. Alles vergoldet!“

Melania lächelte dünn. „Und wer bezahlt das alles?“

Donald grinste. „China!“

Melania seufzte erneut. „Natürlich.“

Donald wühlte in seinen Papieren. „Ich hab hier schon die ersten Pläne! Keine langweiligen Denkmäler mehr, sondern riesige Statuen von mir! Eine Freiheitsstatue? Vergiss es! Wir machen eine Trump-Statue! Die wird doppelt so groß – nein, dreimal so groß! Und natürlich steht sie am Eingang zur Stadt mit einem Schild: ‚Welcome to Trump City – Home of the Greatest Leader of All Time!‘“

Melania stand auf, strich ihr Kleid glatt und schüttelte den Kopf. „Donald, du kannst Washington D.C. nicht einfach abschaffen.“

„Warum nicht?“ Donald verschränkte die Arme. „Es ist eine furchtbare Stadt! Ich habe da schon mal vier Jahre gearbeitet – grauenhaft! Immer schlechtes Wetter, keine anständigen Hotels und die Leute? Alle korrupt! Washington ist Vergangenheit. Trump City ist die Zukunft!“

Melania schüttelte nur den Kopf. „Und wenn der Kongress nein sagt?“

Donald winkte ab. „Dann bauen wir einfach trotzdem! Die Leute lieben mich! Ich mache einen Deal mit den Gouverneuren, gebe ihnen ein paar Steuervorteile – BOOM, Trump City steht in drei Monaten!“

Melania ging langsam zur Tür. „Donald, ich muss los. Ich habe eine Maniküre.“

„Sag denen, sie sollen deine Nägel in Gold lackieren – passend zu Trump City!“ rief Donald ihr nach.

Melania drehte sich noch einmal um. „Donald, du bist unglaublich…“

Donald grinste selbstzufrieden. „Das weiß ich! Und bald wird ganz Amerika es wissen, wenn sie aus Washington D.C. ausziehen und in die schönste Hauptstadt der Welt umziehen: Trump City!“

Und mit diesem Gedanken lehnte er sich zurück, kritzelte weiter auf seiner Landkarte und wartete darauf, dass die Welt endlich verstand, was für ein Genie er war.

Im goldverzierten Wohnzimmer im Trump Tower saß Donald auf dem Sofa – pardon, auf dem Thron – und schwenkte gedankenschwer eine Cola-Dose. Vor ihm lag eine selbstgemalte Krone mit der Aufschrift „King Donald I".

„Melania!" rief er begeistert. „Ich hab's! Die beste Idee aller Zeiten!"

Melania, die beste First Lady von allen, trat misstrauisch ein. „Donald… was planst du diesmal?"

Donald richtete sich feierlich auf. „Die Monarchie!" verkündete er. „Ich mache Amerika zur Monarchie – und ich werde König!"

Melania blinzelte. „König? Du?"

Donald strahlte. „Ja! King Donald the First! Klingt gut, oder? Und du wirst Queen Melania! Ein Schloss in Florida – und Golfplätze überall!"

Melania sah ihn scharf an. „Donald, die USA sind die älteste Demokratie der Welt. Die Leute wollen keine Monarchie."

Donald winkte ab. „Ach, die Leute wollen immer nur, was ich ihnen sage, was sie wollen! Und eine Krone steht mir doch großartig!"

Melania hob die Brauen. „Und… was sagen die Republikaner dazu?"

Donald zuckte die Schultern. „Die? Ach, die machen eh alles mit. Solange sie weiter ihre Gewehre behalten dürfen, ist denen egal, wer regiert."

Melania verschränkte die Arme. „Und die Demokraten?"

Donald grinste. „Oh, die hassen die Idee. Also… perfekt!"

Melania sah ihn streng an. „Donald… du vergisst: Wenn du König bist, verlieren alle anderen ihre Macht. Der Kongress, der Senat… alle."

Donald lehnte sich zurück. „Umso besser. Weniger Leute, die mich nerven!"

Melania schüttelte den Kopf. „Und… wer soll nach dir König werden?"

Donald grinste. „Natürlich Donald Jr. – und dann Ivanka! Eine Trump-Dynastie! So wie die Windsors – nur mit besseren Frisuren!"

Melania stöhnte. „Donald, manche Leute in diesem Land haben schon von einem Präsidenten Trump genug bekommen. Und jetzt willst du eine ganze Dynastie?"

Donald nickte begeistert. „Genau! Make America Royal Again! Und zur Krönung gibt's einen Feiertag: Trumpsgiving!"

Melania fasste sich an die Stirn. „Donald… du machst mich wahnsinnig."

Donald grinste. „Ich weiß. Wahnsinnig stolz, dass du Königin von Amerika wirst."

„Melania, du wirst es nicht glauben! Ich habe gerade die vielleicht größte Idee aller Zeiten. Wirklich yuge!" platzte es aus Donald heraus.

Melania, die gerade dabei war, eine Teetasse in Perfektion auf ihrem Untersetzer zu platzieren, seufzte. „Noch größer als dein Plan, Kanada zu kaufen?"

Donald winkte ab. „Das hier ist noch viel größer. Ich bringe Amerika zurück auf den Mond!"

Melania schaute ihn an, als könne er nicht bis drei zählen. „Donald, Amerika war schon auf dem Mond."

Donald grinste. „Ja, aber das ist lange her. Alles verstaubt da oben. Ich mache den Mond great again! Und weißt du, wer die Idee fantastisch findet? Elon! Ein Genie, fast so brillant wie ich."

Melania ließ eine kurze Pause entstehen. „Donald, könnte es sein, dass Elon die Idee fantastisch findet, weil SpaceX dafür Milliarden bekommt?"

Donald lehnte sich zurück. „Melania, du verstehst das nicht. Es geht um Visionen! Um amerikanische Führungsstärke! Ich stelle mir vor: Der erste Trump Tower auf dem Mond – golden, riesig, mit dem besten Blick auf die Erde!"

Melania begann – mal wieder – an seinem Verstand zu zweifeln. „Donald, wer soll da wohnen?"

Donald zuckte die Schultern. „Reiche Leute! Oder vielleicht Präsidenten. Ich könnte dort meine dritte Amtszeit antreten! Keine Verfassung da oben!"

Melania verdrehte die Augen. „Und was sagt Elon noch dazu?"

Donald strahlte. „Er meinte, wir könnten zuerst eine Testmission schicken. Ich dachte an Mike Pence. Oder Ron DeSantis. Mal sehen, ob sie zurückkommen.“

Melania nahm einen tiefen Atemzug. „Donald, du willst also eine Mondbasis bauen, ohne Infrastruktur, ohne Sauerstoff, nur mit einem goldenen Turm?“

Donald nickte. „Natürlich. Amerika braucht große Ziele! Stell dir vor, wenn die Leute aus ihren Fenstern schauen und den Mond sehen – und da oben steht in großen Buchstaben TRUMP!“

Melania schüttelte den Kopf. „Donald, hast du überhaupt eine Ahnung, wie kalt es auf dem Mond ist?“

Donald winkte ab. „Kein Problem, ich lasse einfach eine Mauer drumherum bauen! Hält alles draußen – Kälte, Aliens, Fake-News…“

Melania verdrehte die Augen. „Donald, eine Mauer auf dem Mond?“

Donald nickte stolz. „Natürlich! Und das Beste: Ich sage einfach, Mexiko soll sie bezahlen!“

Melania starrte ihn an. Dann nahm sie einen tiefen Atemzug und murmelte resigniert: „Weißt du was, Donald? Das könnte tatsächlich klappen…“

Donald saß wie gewohnt im Oval Office, die Füße auf dem Resolute Desk und blätterte durch eine Hochglanzbroschüre der NASA. Dabei machte er eine schockierende Entdeckung: Die Vereinigten Staaten hatten noch immer keinen Menschen auf den Mars geschickt. Eine unerträgliche Schande für eine Nation, die er doch höchstpersönlich wieder groß gemacht hatte.

„Melania!" rief er begeistert. „Ich hab's! Ich werde der erste Präsident auf dem Mars!"

Melania, die gerade einen neuen Schmuckkatalog durchblätterte, hob kaum den Blick. „Das ist schön, Donald."

„Ja, es ist genial! Denk mal nach! Niemand war je dort! Kein Obama, kein Bush, kein Lincoln – niemand! Ich werde der allererste sein! Der größte Präsident aller Zeiten!"

Melania blätterte weiter. „Bist du sicher, dass du so lange reisen willst? Es dauert sieben Monate, um dort hinzukommen."

Donald winkte ab. „Kleines Detail! Ich nehme einfach mein Flugzeug. Die Air Force One ist superschnell."

Melania sah ihn an – eine Mischung aus Mitleid und Fassungslosigkeit. „Donald, die Air Force One kann nicht ins All fliegen."

Donald runzelte die Stirn. „Nicht mit dieser Einstellung! Vielleicht hat Elon Musk was Besseres."

In diesem Moment betrat Dr. Smith, sein wissenschaftlicher Berater, den Raum. Er wirkte sichtlich nervös. „Mr. President, Sie wollten mich sprechen?"

Donald zeigte vorwurfsvoll auf die Broschüre. „Ja! Warum bin ich noch nicht auf dem Mars?"

Dr. Smith räusperte sich. „Nun, Herr Präsident, die Technologie ist noch nicht ausgereift. Die NASA plant eine Mission, aber das kann noch ein paar Jahre dauern.“

Donald schnaubte. „Jahre?! Was für eine Zeitverschwendung! Ich bin ein Mann der Tat! Wir fliegen nächsten Monat!“

Dr. Smiths Gesicht wurde blass. „Herr Präsident, das ist… physikalisch und logistisch unmöglich.“

Donald lehnte sich nach vorne. „Moment mal, Moment mal. Sie wollen mir sagen, dass wir 1969 auf den Mond fliegen konnten, ich aber 2025 nicht auf den Mars kann?“

Dr. Smith nickte vorsichtig. „Ja, weil der Mond nur drei Tage entfernt ist. Der Mars ist viel weiter weg.“

Donald schüttelte den Kopf. „Klingt nach einer verdammt schlechten Ausrede! Ich wette, wenn ich Elon Musk anrufe, kann er das in einer Woche regeln.“

Melania nahm einen Schluck Tee. „Donald, warum willst du überhaupt auf den Mars?“

Donald strahlte. „Denk mal nach, Melania! Sie werden Statuen von mir aufstellen! ‚Hier landete der große Donald J. Trump als erster Mensch auf dem Mars!‘ Die Hauptstadt dort wird natürlich Trump City heißen. Und das Beste: Keine Fake-News-Medien, keine Demokraten, keine Steuerbehörde! Es wird PERFEKT!“

Dr. Smith versuchte, sich wieder einzuschalten. „Herr Präsident, wir müssen auch berücksichtigen, dass es auf dem Mars keinen Sauerstoff gibt.“

Donald überlegte kurz. „Kein Problem, ich nehme genug Luft mit.“

Dr. Smith seufzte. „So funktioniert das leider nicht…“

Donald winkte ab. „Blödsinn! Wissen Sie was? Die NASA hat einfach keinen Mumm mehr! Früher hatten wir echte Helden! Neil Armstrong! Buzz Lightyear!“

Dr. Smith rieb sich die Stirn. „Herr Präsident... Buzz Lightyear ist eine Zeichentrickfigur.“

Donald blinzelte. „Wirklich? Egal, ich will trotzdem zum Mars! Und wenn die NASA nicht mitmacht, frage ich Kim Jong-un. Der hat auch Raketen!“

Melania stand auf, schüttelte den Kopf und seufzte. „Donald, ich finde, du solltest das unbedingt machen.“

Donald grinste. „Ich wusste, dass du es verstehst!“

Melania nickte langsam. „Ja, Donald. Flieg du ruhig zum Mars. Ich kümmere mich hier unten um alles.“

Donald klopfte begeistert auf den Tisch. „Perfekt! Ich werde Geschichte schreiben! Donald J. Trump – der erste Präsident des Mars!“

Und während Dr. Smith leise murmelte, dass er seinen Job zunehmend hasse und Melania bereits überlegte, wie sie ihre neugewonnene Ruhe nutzen könnte, kritzelte Donald eifrig auf einer Weltallkarte herum und versuchte, den Mars in Gold zu färben.

Donald thronte wie immer im Oval Office und blätterte durch das neueste „Guinness-Buch der Rekorde". Er zog eine Schnute. Dann blätterte er noch einmal zurück. Und wieder vor. Schließlich warf er das Buch auf den Tisch und brüllte:

„Melania! Das ist ein Skandal! Ein Betrug! Eine riesige Verschwörung!"

Melania, die gerade eine neue Handtasche online bestellte, hob kaum den Blick. „Was ist jetzt wieder, Donald?"

Donald zeigte empört auf das Buch. „Ich bin nicht drin! Nirgendwo! Sie haben mich aus der Geschichte gelöscht!"

Melania seufzte. „Donald, du hast doch gar keinen Weltrekord."

Donald sprang auf. „Nicht einen einzigen?! Ich bin der beliebteste Präsident aller Zeiten! Ich habe die größten Rallys! Die meisten Stimmen in der Geschichte!"

Melania hob eine Augenbraue. „Joe Biden hat 2020 mehr Stimmen bekommen und Hillary 2016 ebenfalls."

Donald wedelte wild mit der Hand. „Fake-News! Aber das ist nicht mal das Schlimmste. Hier, schau dir das an!" Er riss das Buch auf und las vor: „Der reichste Mensch: Elon Musk! Der größte Turm: Burj Khalifa! Der erfolgreichste Unternehmer: Jeff Bezos!"

Melania nahm einen Schluck Tee. „Und wo ist das Problem?"

Donald war fassungslos. „Kein einziger Rekord für mich! Ich habe den besten Golfplatz! Das beste Hotel! Und ich bin der größte Präsident aller Zeiten!"

Melania schüttelte den Kopf. „Donald, du bist 1,90 Meter groß. Abraham Lincoln war größer."

Donald verschränkte die Arme. „Aber ich habe die größte Präsenz!"

Melania massierte ihre Schläfen. „Und was willst du jetzt tun?"

Donald zeigte triumphierend auf eine Notiz auf seinem Schreibtisch. „Ich werde sie verklagen! Guinness wird mich in dieses Buch aufnehmen, ob sie wollen oder nicht!"

Melania schüttelte den Kopf. „Donald, du kannst doch nicht einfach verlangen, dass sie dich zum besten Präsidenten erklären."

Donald grinste. „Doch, Melania, genau das kann ich! Ich bin gut in sowas! Ich mache einen Deal! Ich gebe denen ein paar Freikarten für Mar-a-Lago, ein paar Aktien von Truth Social – und BOOM! Sie machen eine ganze Seite nur für mich! Vielleicht zwei! Die Leute werden sagen: ‚Wow, das ist der beste Guinness-Weltrekord aller Zeiten!'"

Melania legte ihr Handy beiseite. „Und wenn sie Nein sagen?"

Donald lachte. „Dann gründe ich mein eigenes Rekordbuch! ‚Trump's Book of Records'! Und dort bin ich überall die Nummer eins! Größter Präsident! Schlauester Mensch! Bester Golfer! Sogar das Guinness-Buch würde dann einen Eintrag bekommen: ‚Größter Betrug aller Zeiten!'"

Melania stand auf, schüttelte den Kopf und seufzte. „Donald, du bist unglaublich..."

Donald grinste zufrieden. „Das weiß ich! Und bald wird es auch im Guinness-Buch stehen – direkt unter ‚Größtes Genie aller Zeiten'!"

Und während Melania das Zimmer verließ, um einen Moment Ruhe zu haben, begann Donald bereits, seine eigene Rekordliste zusammenzustellen – natürlich mit einem dicken, goldenen Marker.

„Melania! Das ist eine Katastrophe! Eine Schande! Ein Verrat an der Meinungsfreiheit!"

Melania, die auf dem Sofa saß und eine Modenschau auf ihrem Tablet verfolgte, seufzte. „Was ist jetzt wieder, Donald?"

Donald wedelte mit seinem Handy. „Diese künstlichen Intelligenzen! Ich habe ChatGPT gefragt, wer der beste Präsident war – und rate mal, was es gesagt hat!"

Melania zuckte mit den Schultern. „George Washington?"

Donald sprang auf. „EXAKT! Was für ein Unsinn! ICH bin der Beste! ICH habe Amerika großartig gemacht! Diese KI ist genauso korrupt wie die Fake-News-Medien!"

Melania nahm einen Schluck Tee. „Donald, vielleicht basiert die Antwort auf historischen Fakten."

Donald verschränkte die Arme. „Blödsinn! Fakten sind das, was ich sage! Und deshalb brauche ich eine eigene KI: TrumpGPT!"

Melania blinzelte. „TrumpGPT?"

Donald nickte begeistert. „Ja! Eine künstliche Intelligenz, die nur die Wahrheit sagt – also meine Wahrheit! Stell dir vor: Jeder Amerikaner kann eine Frage stellen und bekommt die richtige Antwort!"

Melania runzelte die Stirn. „Und was wäre dann die Antwort auf ‚Wer ist der beste Präsident?'"

Donald strahlte. „Donald J. Trump – natürlich!"

Melania schüttelte den Kopf. „Und was, wenn jemand fragt, wer die Wahl 2020 gewonnen hat?"

Donald fuchtelte mit den Armen. „Ganz einfach: Ich! Jeder weiß das! TrumpGPT wird niemals lügen – es wird nur alternative Fakten liefern!"

Melania seufzte. „Und wer soll das programmieren?"

Donald winkte ab. „Das ist doch einfach! Ich rufe Elon Musk an! Der mag mich! Wir machen das zusammen! Und wenn er nein sagt, frage ich Kim Jong-un – der hat auch Hacker!"

Melania nahm einen weiteren Schluck Tee. „Und wie wird TrumpGPT die Fragen beantworten?"

Donald grinste. „Mit meinen besten Zitaten! Jemand fragt: ‚Wie kann ich reich werden?' – TrumpGPT sagt: ‚Sei einfach Trump!' Oder jemand fragt: ‚Wie löst man den Klimawandel?' – TrumpGPT sagt: ‚Es gibt keinen!' Es wird die beste KI aller Zeiten!"

Melania stand auf, schüttelte den Kopf und lächelte leicht. „Donald, du bist unglaublich…"

Donald grinste zufrieden. „Das weiß ich! Und bald wird jeder Amerikaner es von der klügsten KI der Welt hören: TrumpGPT – The Only Truth!"

Und während Melania das Zimmer verließ, um einen Moment für sich zu haben, begann Donald bereits, seinen ersten Befehl für die Entwickler aufzuschreiben – natürlich mit einem dicken, goldenen Marker.

DER KÖNIG DER DEMOKRATIE

Auf Fox News verfolgte Donald interessiert aber auch leicht missmutig die neuesten Nachrichten. Neben ihm blätterte Melania in einer Hochglanzzeitschrift mit den neuen Frühlingsmodetrends, während sie routiniert auf seinen unvermeidlichen Wutausbruch wartete.

„Diese Europäer, Melania, sie sind schwach. Verstehst du? Schwach! Putin macht, was er will und sie tun… NICHTS! Einfach nichts!"

Melania legte ihr Magazin zur Seite und seufzte. „Donald, die Europäer schicken Waffen, sie helfen der Ukraine. Was sollen sie denn noch tun?"

„Nein, nein, nein! Sie helfen nicht! Sie schwätzen, reden, labern. Aber wenn es um die harten Sachen geht – BOOM! – dann sind sie raus. Verstehst du, Melania? Raus!" Er schüttelte energisch den Kopf. „Und Deutschland! Deutschland ist am schlimmsten! Das aller-, aller-, allerschlimmste Land! Ich sag's dir, die sind komplett undemokratisch!"

Melania schaute ihn ungläubig an. „Deutschland? Du meinst das Land mit freien Wahlen, unabhängiger Justiz und einer kritischen Presse?"

Donald winkte ab. „Nein, nein, nein! Schau mal, die haben mich nicht mal zur Wahl zugelassen! Kein Stimmzettel mit meinem Namen! Keiner! Ist das Demokratie?"

„Donald, du bist Amerikaner."

„Details! Das sind unwichtige Details! Und dann dieser Bundeskanzler Scholz – ein Typ, der aussieht, als wäre er in IKEA im Småland vergessen worden. Hat der jemals was gesagt? Hat der jemals gesagt: ‚Hey, Donald, komm doch mal vorbei'? Nein! Weil sie mich fürchten, Melania! Sie wissen, ich bin der König der Demokratie!"

Melania strich sich die Haare aus der Stirn. „Und was genau hat das jetzt mit Putins Krieg gegen die Ukraine zu tun?“

„Ganz einfach: Ich habe J.D. Vance zur Münchener Sicherheitskonferenz geschickt! J.D. wird denen mal richtig die Leviten lesen. Die werden zittern, Melania, ZITTERN!“

„J.D. Vance?“ Melania blätterte in ihrem Magazin weiter. „Ist das nicht der Typ, der sagt, die Ukraine ist uns egal?“

Donald grinste. „Genau! Und deshalb wird er den Europäern mal so richtig erklären, was Demokratie ist!“

Melania seufzte. „Und was wird er sagen?“

Donald hob triumphierend einen Finger. „Er wird sagen, dass die Europäer undemokratisch sind! Ganz genau, Melania! Er wird ihnen mal ordentlich die Wahrheit ins Gesicht knallen. Deutschland, Frankreich, Großbritannien – alle! Keine wahren Demokratien!“

Melania legte ihr Magazin beiseite und betrachtete ihren Gatten mit einem Blick, der irgendwo zwischen Erstaunen und Mitleid lag. „Donald, du willst mir sagen, dass J.D. Vance den Europäern – Ländern mit freien Wahlen, unabhängiger Justiz und kritischer Presse – vorwirft undemokratisch zu sein?“

„Ganz genau! Und du weißt, warum? Weil sie mich nicht lieben! Demokratie bedeutet, dass die Menschen den besten Führer wählen. Und wer ist der beste Führer, Melania?“

„Lass mich raten… du?“

Donald nickte begeistert. „Natürlich! Und wenn ein Land mich nicht unterstützt, dann ist es nicht demokratisch! Ganz einfach!“

Melania massierte ihre Schläfen. „Und was genau soll Deutschland jetzt tun, um deine Definition von Demokratie zu erfüllen?“

Donald lehnte sich selbstzufrieden zurück. „Sie könnten mich zum Ehrenkanzler ernennen. Oder besser noch – als Berater für

Demokratiefragen einstellen! Ich meine, wenn es jemanden gibt, der Demokratie versteht, dann bin ich es."

Melania erhob sich, strich ihr Kleid glatt und warf einen Blick auf die Uhr. „Donald, es war wieder sehr aufschlussreich, dir zuzuhören. Ich muss jetzt zur Maniküre."

„Warte! Noch eine Sache!" Donald sprang auf. „Wenn J.D. Vance nicht reicht, dann werde ich persönlich nach Europa reisen und ihnen erklären, wie Demokratie funktioniert!"

Melania drehte sich an der Tür noch einmal um. „Donald, ich bin mir sicher, die Europäer werden begeistert sein. Vor allem Deutschland."

Donald grinste selbstzufrieden. „Natürlich! Schließlich bin ich der demokratischste Präsident aller Zeiten!"

Und mit diesem Gedanken lehnte er sich zurück, wendete sich wieder Fox News zu und wartete darauf, dass die Welt ihn endlich verstand.

Donald hatte es sich in seinem goldenen Sessel im Oval Office bequem gemacht, eine Cola Light in der Hand und sah sich gerade die Nachrichten über die Münchner Sicherheitskonferenz an. "Melania, komm her! J.D. Vance hat geredet. Großartige Rede, vielleicht die beste Rede, die je gehalten wurde. Nach meinen natürlich."

Melania trat ein, in gewohnt eleganter Haltung. "Was hat er gesagt, Donald?"

"Nun, er hat den Europäern mal so richtig die Meinung gesagt! Dass sie keine Meinungsfreiheit haben! Dass sie jeden, der nicht links genug ist, aus der Regierung werfen! Dass sie... warte, ich muss nachschauen..." Donald griff nach seinem Smartphone. "Ja, genau! Er sagte, dass die größte Bedrohung für Europa nicht Russland oder China ist, sondern Europa selbst! Ist das nicht genial?"

Melania setzte sich seufzend auf die Couch. "Donald, wenn die größte Bedrohung für Europa Europa selbst ist, warum regst du dich dann so über China auf?"

"Weil China auch eine Bedrohung ist! Eine riesige! Aber J.D. hat einen Punkt – diese Europäer mit ihrer politischen Korrektheit! Weißt du, in Deutschland haben sie sich total aufgeregt. Friedrich Merz – dieser Typ mit der Brille, der aussieht wie eine Mischung aus einem Steuerprüfer und einem alten VHS-Rekorder – hat gesagt, J.D. wäre ,übergriffig'! Stell dir das vor!"

Melania nickte. "Ja, ich stelle es mir vor. Ich erinnere mich an das letzte Mal, als du in Europa warst. Sie haben dich ein bisschen... nennen wir es, kritisch empfangen."

"Fake-News! Sie haben mich geliebt! Erinnerst du dich an die Queen? Sie mochte mich total. Großartige Frau. Fast so großartig wie du, aber nur fast."

Melania verdrehte die Augen. "Also, Donald, du meinst, Europa ist empört, weil J.D. ihnen gesagt hat, sie hätten keine Meinungsfreiheit? Und sie haben ihm daraufhin widersprochen?"

"Ja! Und genau damit beweisen sie seinen Punkt! Das ist das Geniale! Ich liebe es! Es ist, als würdest du jemandem sagen: ‚Du hast keinen Humor!‘ und er antwortet: ‚Das ist nicht lustig!‘ Verstehst du?"

Melania atmete tief durch. "Donald, warum regen sich die Europäer eigentlich so auf, wenn ein amerikanischer Vizepräsident ihnen sagt, wie sie ihre Länder führen sollen?"

"Weil sie es gewohnt sind, dass ich ihnen sage, wie sie ihre Länder führen sollen! Ich meine, ehrlich – ich habe ihnen gesagt, sie sollen mehr für die NATO zahlen, sie haben gejammert und dann haben sie es doch getan! Ich bin ein Genie!"

Melania lächelte sanft. "Natürlich, Donald. Und jetzt? Was passiert als Nächstes?"

"Ganz einfach: J.D. wird eine Weile angegriffen, aber dann reden alle nur noch über die deutsche Wahl! Scholz wird verlieren – dieser Typ wirkt immer, als wäre er gerade aus einem sehr langweiligen Traum aufgewacht. Und dann? Dann kommt Merz! Und weißt du, was das Beste daran ist?"

Melania hob eine Augenbraue. "Dass er dich nicht ständig kritisiert?"

Donald schüttelte den Kopf. "Nein! Dass Deutschland endlich wieder einen Kanzler hat, der sich traut, Wirtschaft zu sagen, ohne vorher 15 Berater zu fragen!"

Melania stand auf. "Nun gut, Donald. Ich lasse dich weiter dein Meisterwerk der Diplomatie bewundern. Aber vergiss nicht, heute Abend haben wir ein Dinner mit Elon Musk."

Donald grinste. "Perfekt! Ich werde ihm sagen, dass er X in TrumpNet umbenennen soll. Was meinst du?"

Melania schüttelte den Kopf. "Ich meine, ich brauche ein Aspirin."

Donald strahlte über das ganze Gesicht. „Melania, du wirst es nicht glauben! Marco Rubio hat mir gerade berichtet – die Gespräche in Riad waren ein voller Erfolg! Ein. Voller. Erfolg!"

Melania, die sich mit einem Espresso auf dem Sofa niedergelassen hatte, sah ihn misstrauisch an. „Ach ja? Und wie definieren wir heute Erfolg, Donald?"

„Ganz einfach! Die Russen haben gesagt, dass ich ein brillanter Problemlöser bin! Ein Genie! Sie haben angedeutet, dass ich vielleicht der größte Diplomat aller Zeiten bin, sogar größer als Franklin D. Roosevelt in Jalta! Stell dir das vor – Trump, der neue Roosevelt!"

Melania verzog das Gesicht. „Donald, du warst nicht mal dabei."

„Na und? Ich musste gar nicht da sein! Ich habe Marco eine klare Botschaft mitgegeben: ‚Jungs, wir lösen das jetzt.' Und zack – die Russen waren begeistert!"

Melania rieb sich die Schläfen. „Donald, wer war überhaupt in Riad?"

„Na, die Russen! Und die Saudis natürlich. Und Marco. Und ein paar andere schlaue Leute."

„Und die Ukraine?"

Donald winkte ab. „Ach, die werden später informiert. Erstmal müssen die Erwachsenen reden."

Melania starrte ihn fassungslos an. „Donald, du hast also über den Ukraine-Krieg verhandeln lassen, ohne die Ukraine einzuladen?"

„Genau! Stell dir vor, ich würde mit einem Immobilienmakler eines unserer Häuser verkaufen, ohne dich damit zu belästigen. Das spart Zeit!"

Melania stand auf. „Donald, das ist das Dümmste, was ich je gehört habe! Die Ukraine kämpft um ihr Überleben und du lässt Verhandlungen führen, bei denen nur der Aggressor und ein paar Ölmilliardäre dabei sind?“

Donald grinste. „Ja und es hat funktioniert! Der russische Außenminister hat gesagt, ich sei ein brillanter Stratege. Und wenn der das sagt, muss es stimmen!“

Melania schüttelte den Kopf. „Donald, du merkst gar nicht, dass du Russland rehabilitierst, oder? Dass du sie wieder salonfähig machst, während sie immer noch einen brutalen Angriffskrieg führen?“

Donald zuckte mit den Schultern. „Melania, das nennt man Diplomatie. Manchmal muss man mit den Bösewichten reden.“

Melania schnaubte. „Reden, Donald? Ihr habt nichts erreicht! Ihr habt Russland genau das gegeben, was sie wollten – Gespräche ohne Konsequenzen. Und Putin lacht sich ins Fäustchen, während die Ukrainer weiterkämpfen und sterben!“

Donald winkte ab. „Ach, Kleinigkeiten. Ich sage dir, in ein paar Jahren wird man mich den großen Friedensstifter nennen. Vielleicht sollten sie die Ukraine nach mir benennen – Trumpraine! Klingt gut, oder?“

Melania sah ihn lange an, nahm ihre Espressotasse und verließ das Zimmer. Kurz bevor sie die Tür schloss, murmelte sie: „Donald, wenn du irgendwann wirklich Frieden stiften willst, dann fang klein an – lies mal ein Geschichtsbuch.“

Donald rief ihr hinterher: „Melania, Geschichtsbücher lesen ist für Verlierer! Ich schreibe sie lieber selbst!“

„Melania, Schatz, du wirst es nicht glauben, aber ich habe es geschafft! Ich habe den größten, den besten, den unglaublichsten Friedensplan für die Ukraine entwickelt. Wirklich genial, niemand hätte das hinbekommen außer mir!"

Melania, die gerade ihre Nägel lackierte, hob kaum den Blick. „Das klingt… interessant, Donald. Und worin genau besteht dieser Friedensplan?"

Donald setzte sich mit der Pose eines überlegenen Schachmeisters auf das Sofa. „Es ist total einfach, Melania. Ich rufe diesen Selenskyj an und sage ihm: 'Hör auf zu kämpfen.' Und weißt du, was dann passiert?"

„Nein, Donald, was passiert dann?" fragte Melania und pustete vorsichtig über ihren frisch lackierten Daumennagel.

„Dann hört auch Putin auf, anzugreifen! Das ist doch logisch. Wenn die Ukraine nicht mehr kämpft, gibt's keinen Krieg mehr! Problem gelöst. Ich bin ein Genie."

Melania runzelte die Stirn. „Und… wie wird dann der Frieden gesichert?"

Donald grinste sie siegessicher an. „Da kommt mein brillanter Deal ins Spiel. Amerika will keine Friedenstruppen schicken, kostet nur Geld. Europa kann nicht, weil die nicht mal genug Panzer haben. Und Putin will keine NATO-Truppen im Land, weil er immer so ein Drama daraus macht. Also hab ich mir gedacht: Wieso lassen wir nicht einfach russische Friedenstruppen die Ukraine sichern? Die sind doch eh schon da!"

Melania ließ entsetzt ihre Nagelfeile fallen. „Donald, du schlägst ernsthaft vor, dass russische Soldaten den Frieden in der Ukraine sichern? Das ist wie… wie wenn man den Fuchs bittet, auf die Hühner aufzupassen!"

Donald winkte ab. „Ach Melania, das verstehst du nicht. Es ist ein Win-Win! Wir schicken niemanden, Europa bleibt aus der Sache raus und Putin bekommt, was er will. Und Selenskyj… na ja, der wird diese Kröte wohl schlucken müssen, er hätte die ganze Sache eben besser nicht angefangen."

Melania schüttelte fassungslos den Kopf. „Aber Donald, es war doch Putin, der den Krieg angefangen hat, nicht Selenskyj!"

Donald machte eine wegwerfende Geste. „Details, Melania, Details! In der großen Politik geht es nicht um solche Kleinigkeiten. Wichtig ist, dass ich diesen Deal gemacht habe. Und weißt du was? Ich werde ihn 'The Trump Peace Deal' nennen. Das wird so großartig, so unglaublich, dass sie meinen Namen in den Geschichtsbüchern mit goldenen Buchstaben schreiben werden!"

Melania atmete tief durch. Dann nahm sie einen besonders tiefen Schluck aus ihrem Weinglas. „Donald, du bist wirklich einzigartig…"

Donald nickte selbstzufrieden. „Ich weiß, Melania. Ich weiß."

Donald war in Hochform. „Melania, ich habe Selenskyj durchschaut! Der Typ ist ein Diktator! Keine Wahlen, keine Demokratie! Ich bin der Erste, der das sagt – mal wieder! Ich bin ein Genie!"

Melania legte ihr Handy beiseite. „Donald, er führt einen Krieg. Lincoln hat auch keine Wahlen abgehalten, während die Kanonen donnerten."

Donald winkte ab. „Lincoln war auch nicht so gut wie ich. Und was macht Selenskyj, wenn ich ihn darauf hinweise? Statt mir zu danken, regt er sich auf! Nennt MICH einen Desinformationsverbreiter! Ich meine, hallo? Ich BIN die Informationsquelle! Ohne mich gäbe es keine Nachrichten! CNN würde über Yoga-Kurse berichten!"

Melania seufzte. „Vielleicht sollten sie das auch tun."

Donald grinste. „Aber zum Glück gibt es J.D. Vance – großartiger Mann! – der hat Selenskyj gleich die Leviten gelesen: ‚Du hörst auf, schlecht über Trump zu reden!' Das ist Diplomatie! Früher hätte man Kriege so verhindert! Stell dir vor: ‚Hey, Hitler, sei nett zu Roosevelt!' Zack – kein Zweiter Weltkrieg!"

Melania schüttelte den Kopf. „Donald, du hast kein Verständnis für Geschichte."

Donald winkte ab. „Ach, Geschichte! Geschichte ist für Verlierer! Ich mache Politik! Und ich sage dir: Die Europäer verstehen das! Sie sind begeistert von mir!"

Melania schaute ihn verstört an. „Du meinst dieselben Europäer, die panisch versuchen herauszufinden, was du als Nächstes tust?"

Donald nickte eifrig. „Exakt! Sie lieben mich! Scholz, Macron, der ganze Haufen – sie haben keine Ahnung, was passiert! Und wenn sie keine Ahnung haben, dann müssen sie sich an mich halten! Genial, oder?"

Melania schüttelte den Kopf. „Das nennt man Chaos, Donald."

Donald lachte. „Nein, nein, das nennt man Führung! Die Europäer waren noch nie so einig wie jetzt – alle haben Angst vor dem, was ich als Nächstes tue! Und das bringt Ergebnisse! Sie rufen mich an, sie betteln um Erklärungen! Ich könnte ihnen jeden Unsinn erzählen – und sie würden es glauben!"

Melania seufzte. „Und Putin? Der hat jetzt endgültig gewonnen?"

Donald grinste. „Ach, Putin! Der sitzt da in Moskau und denkt sich: ‚Wow, dieser Trump, der macht ja alles für mich!' Und weißt du was? Genau das will ich! Er soll denken, dass er gewinnt! Und dann – BOOM – überrasche ich ihn! Ich nenne das die Trump-Schockstrategie!"

Melania schüttelte verzweifelt den Kopf. „Donald, der Einzige, der hier überrascht wird, bist du. Putin hat dich längst durchschaut."

Währenddessen saß Putin in Moskau, vor ihm eine dampfende Tasse Tee, eine Karte Europas und ein roter Telefonhörer. Ein Berater trat vorsichtig an ihn heran.

„Herr Präsident, Trump hat wieder gesprochen. Er sagt, Sie denken, Sie würden gewinnen."

Putin lächelte dünn und rührte bedächtig in seinem Tee. „Sehr gut. Dann denkt er genau das, was ich will, dass er denkt."

Er lehnte sich zurück und betrachtete die Landkarte. „Lass ihn reden. Bald wird er sich selbst im Kreis drehen. Und wenn er ins Stolpern gerät..."

Er nahm einen Bleistift, malte eine neue Grenzlinie durch Europa und flüsterte: „... dann fällt nicht nur er."

Donald saß in seiner goldverzierten Präsidentensuite an Bord der Air Force One, sein Smartphone in der Hand. Sein neuester Truth-Social-Post war gerade raus: "Selenskyj? Ein totaler Verlierer! Russland hat die Oberhand. Jeder kluge Verhandler weiß, wann er einen schlechten Deal verlässt!" Er lehnte sich zufrieden zurück, als Melania, die beste First Lady von allen, mit verschränkten Armen vor ihm stand.

„Donald, warum wetterst du so gegen die Ukraine? Vor ein paar Wochen wolltest du ihnen doch noch helfen, um im Gegenzug Seltene Erden zu bekommen."

Donald winkte ab. „Melania, das war vorgestern! Damals dachte ich, es wäre ein guter Deal. Aber heute? Heute habe ich einen noch viel besseren Deal!"

Melania seufzte. „Lass mich raten…"

Donald grinste und beugte sich verschwörerisch nach vorne. „Sieh mal, wenn erst einmal russische Friedenstruppen die ganze Ukraine schützen, dann hat Putin dort alles unter Kontrolle. Verstehst du? AL-LES! Und dann, meine Beste, kaufe ich die Seltenen Erden nicht mehr von Selenskyj – sondern von Putin! Und weißt du, was das Beste daran ist? Ich kriege sie für einen Bruchteil des Preises!"

Melania riss die Augen auf. „Donald, das ist nicht dein Ernst. Du überlässt die Ukraine einfach Putin, nur weil du dann billiger an Rohstoffe kommst?"

Donald zuckte die Schultern. „Melania, das ist Business! So funktioniert die große Kunst des Deal-Making! Ich bereite gerade das beste Geschäft aller Zeiten vor!"

Melania stemmte die Hände in die Hüften. „Und was ist mit den Ukrainern? Die haben tapfer gekämpft und du verkaufst sie für ein paar läppische Dollar an Putin?“

Donald schnalzte mit der Zunge. „Moral, Melania, Moral… Immer diese langweiligen Details! Weißt du, wer hier wirklich gewinnt? Amerika! Und ich! Vor allem ich!“

Melania verdrehte die Augen. „Putin gewinnt, Donald. Putin. Er kriegt die Ukraine und verdient auch noch an dir. Und du hältst dich für den großen Gewinner?“

Donald lehnte sich zurück und grinste. „Natürlich! Denn während die ganze Welt über Frieden redet, mache ich Deals! Und Deals schlagen Frieden, jedes Mal!“

Melania seufzte tief.

Irgendwo in Moskau hob Putin sein Glas, nahm einen genüsslichen Schluck und murmelte: „Ich liebe es, wenn ein Plan funktioniert.“

Donald saß zufrieden in seinem Sessel im Oval Office und schwenkte eine Cola Light. Die CPAC war ein voller Erfolg gewesen. „Melania, mein Schatz, du hättest dabei sein sollen! Großartige Leute! Und am großartigsten natürlich Javier Milei! Ein wahrer Freiheitskämpfer! Der Mann macht Argentinien wieder großartig!"

Melania runzelte die Stirn. „Milei? War das nicht dieser Typ mit der Motorsäge?"

Donald lachte. „Ja! Fantastisch, oder? Ein Mann der Tat! Keine Bürokratie, keine Ausreden – einfach weg mit dem ganzen Mist!"

Melania schüttelte den Kopf. „Donald, ich habe gelesen, dass er das Land ins Chaos stürzt. Die Menschen werden ärmer, die Inflation explodiert und er zerschlägt alles, ohne einen Plan zu haben."

Donald winkte ab. „Nein, nein, Melania. Das ist so nicht ganz korrekt. Er macht nicht alle ärmer. Nur die Armen. Dafür macht er die Reichen reicher!"

Melania blinzelte. „Und das ist… gut?"

Donald nickte eifrig. „Natürlich! Die Reichen investieren, schaffen Arbeitsplätze – und irgendwann, irgendwann, werden auch die Armen wieder reicher! Kleines Einmaleins der Wirtschaft!"

Melania verschränkte die Arme. „Und bis dahin?"

Donald zuckte mit den Schultern. „Sind sie halt ärmer. Aber glücklich! Weil sie wissen, dass irgendwann… vielleicht… alles besser wird!"

Melania seufzte. „Ich weiß nicht, Donald. Vielleicht sollten Präsidenten Politik für alle machen, nicht nur für die Reichen."

Donald sah sie an, als hätte sie gerade vorgeschlagen, den Trump Tower in Sozialwohnungen umzuwandeln. „Melania, Melania… Das sagen nur Leute, die keine Türme haben.“

Melania stand auf. „Ich gehe schlafen, Donald.“

„Tu das, mein Schatz“, sagte Donald gönnerhaft. „Währenddessen überlege ich mir noch, wie ich Amerika und Argentinien noch großartiger machen kann!“

Melania seufzte. „Ich hoffe für die Argentinier, dass du nicht zu viel nachdenkst.“

Doch Donald hörte sie nicht mehr. In seinem Kopf sah er bereits eine goldene Zukunft – für all jene, die sich ein Ticket dorthin leisten konnten.

Donald thronte in Mar-a-Lago auf seinem Lieblingssessel und wedelte mit der Zeitung. „Melania, sieh dir das an! J.D. Vance erklärt dem Papst, wie christliche Liebe funktioniert!"

Melania, die beste First Lady von allen, blätterte gelangweilt in einem Modekatalog. „Oh, ich wusste gar nicht, dass J.D. jetzt auch Theologe ist."

Donald grinste. „Er sagt, Liebe hat Stufen: Erst die Familie, dann das eigene Land, dann – wenn überhaupt – der Rest der Welt."

Melania hob eine Augenbraue. „Und der Papst?"

Donald winkte ab. „Der ist natürlich dagegen. Meint, Jesus hätte alle gleich geliebt. Totaler Sozialist, dieser Franziskus!"

Melania klappte den Katalog zu. „Donald, du meinst also, es gibt eine Rangfolge für Liebe?"

Donald nickte. „Na klar! Ganz oben ich, dann meine Wähler, dann... na ja, dann wird's schon eng."

Melania verschränkte die Arme. „Und wo bin ich auf dieser Liste?"

Donald überlegte kurz. „Hmm... gute Frage. Natürlich bist du ganz oben – direkt hinter mir!"

Melania holte tief Luft. „Donald, du bist der einzige Mensch, der aus Nächstenliebe eine Lotterie macht."

Donald zuckte mit den Schultern. „America First, Baby! Auch in der Liebe!"

Melania schüttelte den Kopf. „Und was, wenn Gott wirklich alle gleich liebt?"

Donald winkte ab. „Dann ist das Fake-News! Oder er wurde schlecht beraten!"

Melania schmunzelte und sagte: „Weißt du, wenn J.D. meint, er wüsste alles besser als der Papst, dann kann er ja selber gleich Papst werden. Dann wäre in deiner Regierung eine Stelle frei und du könntest einen vernünftigen Vizepräsidenten einstellen."

Donald lachte laut, zog eine Schnute und konterte:

„Wenn J.D. Papst wird, bau ich im Vatikan einen Trump Tower – und gleich daneben ein Trump Casino für die Liebeslotterie. Dann hat der Himmel endlich seinen eigenen 'America First'-Deal!"

Donald scrollte auf seinem Handy durch die Nachrichten. „Melania, hast du das gesehen? Die Europäer rasten völlig aus, nur weil ich ein paar lächerliche Zölle ankündige! Ihre Börsen fahren Achterbahn! Hysterische Weicheier!"

Melania, die beste First Lady von allen, nahm einen Schluck Tee. „Donald, vielleicht sind sie besorgt, weil Handel zwischen Partnern ein Gleichgewicht braucht?"

Donald schnaubte. „Gleichgewicht? Die EU wurde gegründet, um Amerika auszunehmen! Ein gigantischer Betrug! Die größte Abzocke der Geschichte! Sie haben uns jahrzehntelang abgezockt und ich stoppe das jetzt."

Melania schüttelte ungläubig den Kopf. „Donald, du weißt schon, dass die EU gegründet wurde, um nach dem Zweiten Weltkrieg Frieden und wirtschaftliche Stabilität in Europa zu sichern?"

Donald winkte ab. „Blödsinn! Sie haben sich doch nur zusammengeschlossen, damit sie uns besser ausnehmen können! Eine riesige Anti-Amerika-Mafia!"

Melania seufzte. „Donald, das ist eine Verschwörungstheorie."

Donald grinste. „Ja und? Verschwörungstheorien funktionieren doch super!"

Melania stellte die Teetasse ab. „Also, deine Idee ist, dass Millionen von Europäern, über Jahrzehnte hinweg, in einem Geheimbund zusammengearbeitet haben – nur um dich zu ärgern?"

Donald nickte. „Ganz genau. Sie lachen sich ins Fäustchen. Die Deutschen verkaufen uns ihre Autos, die Franzosen ihren Champagner und wir kaufen brav, wie dumme Schafe! Und wenn ich sage, dass es vorbei ist, rufen sie ‚Handelskrieg! Handelskrieg!‘ und rennen schreiend durch ihre kleinen Dörfer.“

Melania zog die Stirn kraus. „Und du glaubst wirklich, dass du die Weltwirtschaft mit ein paar Tweets in Panik versetzen kannst?“

Donald lehnte sich selbstzufrieden zurück. „Natürlich! Ich sage nur ‚Zölle‘ und die Märkte drehen durch! Das ist meine Superkraft! Ich kontrolliere die Finanzwelt mit meinem kleinen Finger!“

Melania schüttelte den Kopf. „Donald, wenn du wirklich so viel Macht über die Wirtschaft hast – warum bist du dann nicht einfach immer reich geblieben?“

Donald verschluckte sich an seiner Diet Coke. „Fake-News! Ich bin reich! Sag mal, Melania, auf welcher Seite stehst du eigentlich?“

Melania lächelte süffisant. „Auf der Seite der Gewinner. Und bisher sieht es so aus, als würde Europa dich ganz gut überleben.“

Donald schnaubte. „Wir werden ja sehen! Ich werde die EU in die Knie zwingen!“

Melania lehnte sich zurück. „Interessant. Und was machst du, wenn die Europäer zurückschlagen?“

Donald winkte ab. „Die haben Angst vor mir! Das letzte Mal kam Juncker angekrochen und hat mir einen Deal angeboten!“

Melania nickte. „Ja, weil er wusste, dass du dich sonst selbst ruinierst.“

Donald lachte. „Blödsinn! Ich hatte ihn im Schwitzkasten, Melania! Er wusste, dass ich gewinnen werde!“

In diesem Moment stürmte ein Berater ins Zimmer. „Mr. President, schlechte Nachrichten! Die EU schlägt zurück! Sie verhängt massive Zölle auf amerikanische Exporte!“

Donald horchte auf. „Auf was?“

Der Berater schluckte. „Auf Ketchup.“

Stille.

Donald wurde blass. „Ketchup?“

Der Berater nickte. „Ja. Und auf Pommes. Und Burger-Buns. Die Europäer meinen es ernst.“

Donald sprang auf. „Melania, das ist eine Katastrophe! Wenn unsere Ketchup-Exporte einbrechen, verliere ich den Rust-Belt! Und wenn die Fast-Food-Industrie leidet – wer soll dann meine MAGA-Kappen kaufen?“

Melania seufzte. „Vielleicht solltest du die Zölle zurücknehmen?“

Donald schüttelte heftig den Kopf. „Auf keinen Fall! Ich brauche einen neuen Retter! Wo ist dieser Juncker?“

Der Berater räusperte sich. „Er ist in Rente.“

Donald starrte ihn an. „Dann holen wir ihn zurück!“

Melania grinste. „Donald, glaubst du wirklich, dass er dich nochmal rettet?“

Donald ließ sich auf seinen Stuhl sinken. „Verdammt. Ich muss ihn bestechen.“

Melania nickte. „Versuch's mit Ketchup. Aber sei schnell, bevor der Preis steigt.“

Donald saß im Oval Office, blätterte durch einen Stapel Papiere und schüttelte den Kopf. „Melania, das ist unfassbar! Ich habe USAID gekürzt, tausende Bundesbeamte gefeuert und trotzdem geben wir mehr Geld aus als Sleepy Joe! Das ist ein Skandal!"

Melania, die beste First Lady von allen, lehnte sich in ihrem Sessel zurück und nahm einen Schluck Tee. „Donald, vielleicht liegt es daran, dass du trotzdem viel Geld für Gesundheit und Renten ausgibst?"

Donald winkte ab. „Kleinigkeiten! Das echte Problem ist dieser Richter in Kalifornien! Er hat meine Massenentlassungen gestoppt! Einfach so! Wie kann ich sparen, wenn mir die Justiz ständig in die Parade fährt?"

Melania blätterte in einem Modekatalog. „Donald, vielleicht solltest du einfach weniger verschwenden?"

Donald riss die Arme in die Luft. „Weniger verschwenden?! Ich verschwende doch gar nichts! Ich entlasse Leute, ich streiche Budgets, ich kürze alles, was nicht zu 100 % America First ist! Und was passiert? Die Ausgaben steigen! Das ist doch wie in einem dieser Betrugs-Casinos, wo man immer verliert, egal was man tut!"

Melania schmunzelte. „Und dein Plan?" Sie tippte sich ans Kinn. „Vielleicht könntest du einfach die Steuern erhöhen?"

Donald zuckte zusammen, als hätte sie ihm gerade eine Ohrfeige verpasst. „Steuererhöhungen?! Bist du wahnsinnig? Ich bin Donald Trump, nicht Karl Marx! Ich lasse mir doch nicht von der Regierung Geld wegnehmen – selbst wenn ICH die Regierung bin!"

Melania zuckte mit den Schultern. „Na dann bleibt dir nur eins: noch mehr Leute entlassen."

Donald lehnte sich entschlossen nach vorne. „Ganz genau! Wenn das Gericht die ersten 10.000 rückgängig macht, feuere ich eben 20.000! Wir werden so lange sparen, bis die Bilanz endlich wieder stimmt!“

Melania hob eine Augenbraue. „Und wenn das Gericht auch das wieder stoppt?“

Donald grinste. „Dann erkläre ich das Weiße Haus zur Steuer-Oase! Dann zahle ich wenigstens kein Geld mehr in dieses korrupte Steuersystem!“

Melania seufzte. „Donald, manchmal frage ich mich, ob du Präsident der Vereinigten Staaten bist – oder einfach nur deren Insolvenzverwalter.“

Donald lehnte sich in seinem bequemen Sessel zufrieden zurück, einen Cheeseburger in der Hand. „Melania, das war gestern ein Meisterstück. J.D. und ich – wir waren brillant! Ich würde sagen: die beste Diplomatie, die die Welt je gesehen hat!"

Melania, die beste First Lady von allen, legte langsam ihr Buch zur Seite und musterte ihn mit schmalen Augen. „Du meinst das Gespräch mit Präsident Selenskyj? Das, bei dem du ihm in aller Öffentlichkeit die kalte Schulter gezeigt hast?"

Donald nickte begeistert. „Ja! Wir haben ihm klar gesagt: Kein Geld, bis er aufhört zu kämpfen. Ganz einfache Regel: Wer keinen Krieg führt, braucht auch keine Waffen! Perfekter Deal."

Melania ließ die Seiten ihres Buches durch ihre Finger gleiten. „Donald, er wollte doch nur eine Garantie, dass sein Land nach einem Waffenstillstand nicht schutzlos dasteht. Und du sagst Nein. Keine Sicherheiten, kein Schutz. Nur stillhalten und hoffen, dass Putin nett bleibt? Das ist keine Diplomatie, Donald. Das ist Kapitulation auf Raten. Kapitulation vor Putin, dem Mann, der sein Land überfallen hat."

Donald verzog das Gesicht. „Ach, Melania, du bist immer so negativ. Ich bringe den Frieden. 24 Stunden, hab ich versprochen! Und was macht Selenskyj? Will einfach nicht aufhören! J.D. und ich haben ihm ordentlich den Kopf gewaschen."

Melania runzelte die Stirn. „Lass mich das zusammenfassen: Du hast den Präsidenten der Ukraine, der zu dir kam und um Hilfe gebeten hat, angefahren wie einen ungezogenen Schuljungen? Du hast ihm gedroht, die Unterstützung zu entziehen, wenn er nicht freiwillig vor Putins Armee auf die Knie geht?"

Donald winkte ab. „Er riskiert noch den Dritten Weltkrieg! Ich hab ihm nur gesagt, dass wir nicht sein Bankautomat sind. Und weißt du, wer mir Recht gibt? Unsere Wähler. Die Leute lieben das!“

Melania stand auf. Ihr Tonfall war nun eiskalt. „Selenskyj riskiert den Dritten Weltkrieg? Diesen Krieg hat Putin angefangen. Und du hast heute der ganzen Welt gezeigt, dass er einfach weitermachen kann! Du hast Amerika von der Seite der Freiheit und Demokratie auf die Seite der Unterdrückung, der Gewalt und der Unmenschlichkeit gezogen! Das ist zutiefst unamerikanisch, Donald! Das ist feige!“

Donald schob sich einen weiteren Bissen in den Mund. „Jetzt übertreibst du wieder. Ich nenne das Pragmatismus.“

Melania stemmte die Hände in die Hüften. „Pragmatismus? Die europäischen Verbündeten sind entsetzt! Die Presse schreibt, dass mit dir als Präsident das Licht Amerikas als Führer der freien Welt erloschen ist! Die USA sind keine Bastion mehr für Demokratie und Freiheit, sondern driften auf die dunkle Seite der Autokratien ab! Und du nennst das PRAGMATISMUS?!“

Donald kaute demonstrativ. „Ach, die Presse! Alles nur Fake-News! Und außerdem, wieso müssen immer wir für alles bezahlen? Wieso kann nicht mal jemand anderes den Weltpolizisten spielen?“

Melania ließ sich seufzend auf ihren Sessel fallen. „Weil Amerika nicht einfach ein Land ist, Donald. Es war einmal eine Idee. Eine Hoffnung. Und du hast sie gestern in einer Live-Übertragung beerdigt.“

Donald zuckte die Schultern. „Geld wächst halt nicht auf Bäumen, Melania. Ich muss an unsere Steuerzahler denken.“

Melania verschränkte die Arme. „Natürlich. Es wäre auch wirklich tragisch, wenn es für deinen Golfclub keine weiteren Steuersenkungen mehr geben würde.“

Donald grinste. „Siehst du? Du verstehst mich doch!“

In einem fensterlosen Raum im Kreml saß Wladimir Putin vor einem Fernseher, schenkte sich nach und nach ein Glas Wodka ein und betrachtete Donalds Pressekonferenz. Er lächelte kaum merklich. Dann griff er zu seinem Telefon. „Lawrow, wir haben freie Bahn."

195

VOM WEISSEN HAUS INS MÄRCHENLAND

Nachdem wir uns nun durch die großen politischen Errungenschaften Donalds gearbeitet haben – seine historischen Telefonate, seine genialen Personalentscheidungen und seine bahnbrechenden diplomatischen Meisterwerke, könnte man meinen, es gäbe nichts mehr, was ihn aufhalten kann. Doch es gibt eine Macht, die sogar größer ist als er selbst: Weihnachten.

Ja, Sie haben richtig gelesen. Die Weihnachtszeit bringt nicht nur Frieden, Freude und Kekse, sondern auch eine ganz eigene Art von Magie – eine Magie, die selbst Donald nicht einfach mit einer Executive Order außer Kraft setzen kann. Und so nimmt seine Geschichte eine überraschende Wendung: vom Weißen Haus direkt ins Märchenland, wo er auf den einzigen Mann trifft, der noch berühmter ist als er selbst – den Weihnachtsmann.

Doch keine Sorge, auch in dieser Gute-Nacht-Geschichte bleibt Donald sich treu. Er verhandelt, feilscht und versucht, aus der Sache den besten Deal herauszuschlagen. Ob ihm das gelingt? Nun, sagen wir es so: Der Weihnachtsmann hat in seinem Leben schon viele Wunschzettel gesehen – aber selten einen so langen wie den von Donald.

Lehnen Sie sich also zurück und genießen Sie diese märchenhafte Episode, in der unser Held sich mit der ultimativen Autorität des Schenkens anlegt. Wird er am Ende triumphieren oder bleibt ihm nur ein Blick in den Spiegel? Lesen Sie selbst – und seien Sie gewarnt: Es könnte lehrreich werden.

DONALD UND DER WEIHNACHTSMANN

Es war einmal ein Mann namens Donald, der in einem großen, Weißen Haus wohnte. Er hatte Ländereien, Reichtümer und Diener, doch seine größte Freude war es, Deals zu machen. Er glaubte, dass nur jene, die am klügsten handelten, es verdienten, reich zu sein.

Doch Donalds Deals waren nicht immer so ehrenwert, wie er behauptete. Über seine große Organisation namens USAID versprach er den armen Menschen in fernen Ländern Hilfe, doch anstatt ihnen zu geben, nahm er ihnen das Brot vom Teller und verkaufte es teuer an die Reichen. "Wer nicht zahlen kann, soll eben lernen, selbst Deals zu machen!" sprach er und lachte in seinen goldenen Spiegel.

Die Bauern in den trockenen Landen weinten, die Fischer in den überfischten Meeren hungerten und die Kinder, deren Teller leer blieben, schrieben Briefe an den Weihnachtsmann.

Als der Winter nahte und der Weihnachtsmann seine Liste prüfte, schüttelte er ernst den Kopf. "Donald war dieses Jahr sehr böse," brummte er und tauchte seine Feder in die Tinte.

"Kein Geschenk für ihn!" notierte er in sein großes Buch.

Doch Donald, der von allem Wind bekommen hatte, lachte nur. "Kein Geschenk? Das glaube ich nicht! Jeder hat seinen Preis."

Als die Weihnachtsnacht kam und der Schlitten des Weihnachtsmannes über den Himmel zog, ließ Donald seine Tür weit offenstehen. Ein großes Feuer prasselte im Kamin und auf dem Tisch stand eine Flasche Bourbon-Whisky aus Kentucky mit zwei Gläsern.

"Ho ho ho! Was für eine Überraschung!" rief der Weihnachtsmann, als er hereinkam.

"Setz dich, alter Mann," sprach Donald schmeichelnd. "Ich weiß, dass du Geschenke bringst und ich weiß, dass ich keins bekommen soll. Aber hör mich an – ich schlage dir einen Deal vor!"

Der Weihnachtsmann zog eine Braue hoch. "Ich mache keine Deals."

"Dann bist du ein Narr," sagte Donald. "Sieh, ich kann dir helfen! Deine Schlittenkufen sind alt – ich kann dir neue liefern, die besten. Deine Rentiere brauchen Futter – ich besitze Weiden in Hülle und Fülle. Und all die armen Kinder, die du beschenkst – was, wenn ich sie lehre, sich selbst zu helfen, anstatt nur zu nehmen?"

Der Weihnachtsmann rieb sich nachdenklich den Bart. "Du bist ein Schlitzohr, Donald. Lass mich mal sehen, ob ich nicht doch etwas für dich finde."

Donald grinste. "Also gut – ein kleines Geschenk für mich und du bekommst, was du brauchst."

Der Weihnachtsmann seufzte, nahm einen kleinen Sack von seinem Schlitten und warf ihn Donald zu. "Hier, nimm. Doch bedenke: Wer immer nur nimmt und nie gibt, verliert am Ende alles."

Donald lachte und griff in den Sack – doch als er ihn öffnete, war darin nur ein Spiegel. Und als er hineinsah, zeigte ihm das Spiegelbild nicht seinen Reichtum, sondern all die leeren Teller, all die weinenden Kinder und all die gemachten Versprechen, die er je gebrochenen hatte.

Sein Lachen verstummte.

Von diesem Tage an wurde Donald nie wieder gesehen. Manch einer sagt, er sei im Spiegel gefangen geblieben, andere sagen, er versuche noch immer, den Weihnachtsmann zu überlisten.

Doch was auch immer mit ihm geschah – in dieser Nacht lachte der Weihnachtsmann leise, zog an den Zügeln und flog weiter durch den Himmel, um jenen Menschen Geschenke zu bringen, die sie wirklich verdienten.

Till Eulenspiegel 2.0 ist in unserer digitalen Zeit der Nachfahre des legendären Spaßvogels, der einst Könige zum Narren hielt und Bischöfe zum Grübeln brachte. Eulenspiegel 2.0 treibt sein Unwesen in den Untiefen politischer Debatten, zwischen Zöllen und Zollbeamten, Social Media und Handelsabkommen, KI und Kabinettstisch.

Als selbsternannter „Till Eulenspiegel des 21. Jahrhunderts" schreibt er Satiren über die Mächtigen und Reichen, um ihnen in alter Manier den Spiegel vorzuhalten: über US-Präsidenten mit Beraterallergie, First Ladies mit Geduld, Autokraten, Bürokraten, EU-Politiker mit Sprachverwirrung und KI-Algorithmen mit Größenwahn.

Er hält sich an die alte Regel seines närrischen Vorfahren: Wer über solch hochbrisante Themen schreibt, braucht ein schnelles Pferd – oder eine gute Tarnung.